JN274709

ルチャーノ・デ・クレシェンツォ
Luciano De Crescenzo
谷口伊兵衛／訳

ベッラヴィスタ氏分身術《ダブル》

而立書房

目次

装幀・神田昇和

ベッラヴィスタ氏分身術《ダブル》

過ぎ去る時間の音を
聞くには考えない
だけでよい。

Luciano De Crescenzo

TALE E QUALE

Romanzo

©2001 Arnoldo Mondadori Editore S.p.A., Milan
Japanese translation rights arranged between
Arnoldo Mondadori Editore S.p.A., Milan
and Jiritsn-shobo Inc., Tokyo
through Tuttle-Mori Agency, Inc., Tokyo

はしがき

ナポリにはパルレシアという一種の隠語があって、コメディアンたち、とりわけ、音楽家たちが愛用しています。これによって、同じ仲間に属しているか否かを示せるのです。パルレシアでは、愚か者はオ・バコーノ（'o bacono）、美女はア・ヤンモーザ（'a jammosa）、乳房はエ・テンノーゼ（é tennose）、より豊満なそれはエ・トケ・トケ（é toche toche）、男性性器はエ・リキニェンゼ（é richignense）と言います。こういう隠語の基本動詞は appunire と spunire でして、これらはそれぞれ人生の肯定面と否定面を表わすのに使われます。たとえば、「トトーは好きかい？」（Appunisei Totò?）「俺のヨットが沈んだ」（Me s'è spunita 'a jola）といったようにです。

パルレシアの主要目的は部外者に理解されないことにあります。たとえば、二人の音楽家がギャラについて話し合っており、そこへ第三者が近づいて来ても、二人がいくら儲けているかこの人物に知られたくないとします。この場合、一人はもう一人に「聞かれるぞ」（chiste accamoffa）と言い、それから、おそらく「支払いは少ないわ」（'a pila è loffa）と付け加えることでしょう。

パルレシアのさまざまな言い方のうちでも私にもっとも感銘を与えたものは、〝鏡〟の表現です。これは“ó tale e quale”と言われており、直訳すれば、「分身」と言ったようなことを意味します。

私が初めてこの表現を聞いたのは、あるマンドリン奏者からレストラン・シアター、サン・フェルディナンドのショーの前に告げられたときです。私の髪がいくらか乱れていたため、彼は私に小さい鏡を差し出しながら、こう言ったのです――「さあ、この分身を手に取って。後で返してちょうだい」(Tiè 'stu tale e quale c'a po' adppo m'o tuorne)。

作家にとっての最高の渇望は自伝を書くこと、つまり、頂上に到達するためにどういう谷を通らざるを得なかったかを詳述することです。そこから現われるのは、せいぜい作家の母親と妻だけしか喜ばせられないような退屈な本というのが常と言ってよいでしょう。ナルキッソスが池の水面に映った自分の鏡像に見とれていて溺死したのも偶然ではなかったのです。換言しますと、すべての作家が自伝を書けるわけではないのです。大衆受けしている者ならできるでしょう。それで私はこれを利用することにします。

私の鏡――なんなら私の *Tale e quale*（そっくりさん）――は、私が不可思議な環境で遭遇した、しかも唖然とさせるほど私にそっくりな、分身にほかなりません。違いはただ彼にはないひげと、考え方だけです。他方、私がやってきたように、すべてのこと、本当にすべてのこと――愛とか、安楽死とか、宇宙人たちとか、とりわけ、時間の概念――について、彼と議論できるためには、どうしても異なる見地を擁護せざるを得ませんでした。この二人のうちどちらが正しいのかを決定する仕事は、読者諸賢に委ねられるべきでしょう。

ルチャーノ・デ・クレシェンツォ

1　秘密の扉

始まりはすべて調色液《トナー》のせいだった。でも、トナーが何かご存知だろうか？　これは悪魔の発見した物質であって、その近くに入り込んだすべての者の健康を脅かす、正真正銘の自然災害なのだ。トナーは空気よりもかすかであり、雲のように拡散するし、それと接触するものをすべて汚すのである。トナーのある所で呼吸する人は災いなるかな！　その人の肺に浸透し、永久に、幾世紀も残存するのだ。それだけではない。それは欲すれば、われわれの魂をも汚染することができるだろう、と私は確信しているのである。

もっと簡単な言い方をすると、トナーとはコンピューターのプリンターに入力して何かを書き記させるための黒いパウダーのことである。それはいわゆるトナー・カートリッジに入れられており、コンピューターをロードするのに何ら問題はない。とはいえ、危険はある。カートリッジが開いており、しかもそこでほんの少しでも手元からこぼれようものなら、あっという間に絶望的状況に陥るであろう。ある日、それが私に起きたのだ。信じてもらえないかも知れぬが、ほんの微量だけで、せいぜい一平方メートルの書斎の壁紙をすっかり汚してしまうのには十分だったのである。

「がまんだ！」と私は自分に言いきかせた。

「新しい壁紙と取り換えればいいんだから。」

私は家族と一緒にナポリから疎開させられてカッシーノで暮らしていた、あの戦時を私に思い出させる空色の小花にもうずっと耐えられなくなっていた。私たち子供部屋にはちょうどこういう空色の小花の壁紙があったのであり、しかも、アメリカ人の空飛ぶ要塞がカッシーノ大修道院を爆撃したあの日、私たちはどれほど強い恐怖を味わったことか！　床が揺れ、窓ガラスがカチャカチャ音を立てたことを今でもはっきり覚えている。そして、おそらく私たちデ・クレシェンツォ一家も爆弾の炸裂音を身近に聞いたとき、がたがたとひどく震えていたであろう。

さて、部屋の壁紙を張り替えるには、職人たちは書物の詰まった書棚を移動させねばならなかったし、私はこのときに、壁の後ろに取っ手がなく、全面白色が剥げ落ちた、木製のドア（鍵で閉められていた）を見つけたのである。このドアのことを私はまったく知らなかった。ところで、私の顔をみなさんにご想像いただきたい。私はあっけにとられたし、自分の目を信じられなかった。このドアの後ろにいったい何が？　どこへ通じているんだ？　想像がつかなかった。それで職人たちが立ち去るや否や、私はすぐにそれを開けにかかった。当初はドライヴァー、次にハンマーや、米国の電動工具ブラック・アンド・デッカーで試し、それでも何の助けにもならぬため、それから肩をぶつけたり、最後に足で一、二回蹴りつけて、打ち破ることに成功した。それから中に入って見ると、数平方メートルの一室があったのだが、そんなものがあろうとは——嘘をついているのであれば、死んでもよいと誓っておく——私はこの瞬間まで夢にも知らなかったのである。

一九七一年三月、ローマに引っ越してからすぐ、私は住居を購入した。これは家具付きの家だったし、この書架を移動させようとは全然考えなかった。また、売買契約にもこの空間については何も書かれていなかったのである。初日から、私はこの住居は書架で終わっていると確信していた。ところが今になって、この家は実際には九平方メートルももっと広いことを知るに至ったのだ。前の家主ブッツィ姉妹がどうしてこのことを黙っていたのかは神のみぞ知る、だ。ひょっとして、彼女らもこのことを知らなかったのかもしれない。

この部屋にも家具が備わっていた。黴《かび》の匂いと一面を覆っている埃のほかに、左側にはマットレスと羊毛の毛布付きの小ベッド、中央には四脚の椅子を備えた小テーブル、そして右側には鏡付きの重い一枚とびらの古いたんすがあった。要するに、一文も支払わせることなく私が泊めてやる客にとっての、理想的な宿泊所だったのだ。

この発見の日から、私はこの秘密の部屋に引きこもるのが習慣になった。とりわけここでは静寂に取り囲まれたから、私がここを私の〝瞑想の場〟と名づけたのも理由のないことではなかった。そこにはラジオも、テレヴィジョンも、電話とか、その他何か私の妨げとなるかも知れぬような機器は皆無だったのだ。怪しげな扉を修理してから、これを閉めると、家のインターフォンさえ聞こえなかった。

それから或る晩、信じ難いことが起きた。二十二時三十分。私はベッドの上に寝そべり、ボルヘスの『伝奇集』を読もうか、それとも、RAIの第三チャンネルのフェリーニの『第三の愛』をもう一度観るか、決めかねていた。最後にボルヘスに決めたのだが、ひどく驚いたことに、二時間も優に読書してから、突然気づいたのは、依然として二十二時三十分のままであって、これなら『第三の愛』

を初めから観られるだろう、ということだった。当初は私の時計が止まっていたか、それともＲＡＩが映画を二時間遅れで放映しているのではないかと考えた。ところが、それから私が別の本でもこの経験を繰り返してみて、「この部屋では時間が経過しない」ということに気づいたのだった。

それが信じ難いことだということは分かっているのだが、それでも、それは実際に起きたことなのだ。

2　アインシュタイン、ベルクソンとドン・アッティリオ

私は時間の顔がどうなっているのかは知らないのだが、それが私を見つめるとき、口ひげの下で微笑するのを私は知っている。時間は口ひげを蓄えているからだ。少なくともこのことを私は確信している。時間はほとんどこう言っているようだ——「ねえ君、気晴らししてみないか、そのうちに君の終わりを出迎えに行くから」。ちなみに時間が使うこの〝そのうちに〟という言葉ほど、この世で私が嫌いなものはほかにない。

砂が砂時計の中で流れている。時計の文字盤の上の針が回転している。いずれも物音はしないが、それでも動いている。地震が起きようが、大洪水が押し寄せようが、火事になろうが、濃茶色の髪の女に優しくされようが、ブロンドの女がほかの男とずらかるためにいきなり私を棄てようが、そんなことは時間には糞くらえである。そんなことにはおかまいなしで、時間はその仕事をやり続ける。私は目覚め、洗顔し、髪をすき、考え、朝食を取り、新聞を読み、書き、食べ、TVを観、再び書き、電話し、眠る。しかし、時間はそんなことにはまったく冷淡だ。平然とチクタクを続行し、ためらい、減速、一瞬の休息、私に振りかかっていることへの僅かな敬意、といったものはまったく見せない。

誰かが（私自身だったか、それとも聖アウグスティヌスだったか、今は思い出せない）言ったところでは、過去、現在、未来は存在しないという。過去はもうない以上、存在しないし、未来はまだない以上、存在しないし、現在は存在しない二つのものの間の分離としての限りでは存在しないし、存在し得ない。存在しないし、存在し得るであろうものはせいぜい、過去の現在、つまり思い出とか、未来の現在、つまり希望くらいであろう。逆に、存在させることができないものは、現在の現在である。もちろん、今生起しつつあるものについて考えることは、これがすでに生起した以上、ほとんどできなかったことになる。「今日を捕らえよ」（carpe diem）〔ホラティウスの詩句。「現在を楽しめ」の意〕と要求するのはたやすいが、この今日（diem）が一瞬も静止しないのに、どうやってそれを「捕まえる」（carpere）というのか？

最初の暦がいつ発明されたか、質問したことはおありだろうか？　私が知るところでは、時間の測定を最初に試みたのは、五千年前のシュメール人だった。彼らは地球の回転と月相に基づいて一年を十二カ月にし、そして各月を三十日に区分した。それから二千年後に、エジプト人もこの問題を試み、一年が三百六十日ではなく三百六十五日であることを突き止めた。残念ながら彼らも一つの誤りを犯した。実際には一年は三百六十五日よりも少し長かったからだ。この〝超過時間〟は幾世紀も経過するにつれてますます大問題となって行った。そして中世になって人びとは突如、八月中旬にもう寒くなったことに気づいた。法王グレゴリウス十三世が十六世紀（一五八二年）にこの問題を片づけるべく、数学者ルイージ・リーリオの協力で、閏年、つまり四年ごとにそれまで蓄積されたきた余分の時間を処理するために、三百六十六日を〝差し込む〟年を発明したのだった。

暦に関して、若干齢を重ねた読者諸賢は、床屋でクリスマスに贈られる慣わしになっていたあの素敵な小カレンダーのことを哀愁とともに想起されるに違いない。これは放香のする小型の本であって、細紐とカラフルな房飾りが付いており、ジャケットの内ポケットに差し込んでおき、時間のもっとも美しい役者たちが頭の先から足元まですべてしとやかに着飾っているのをその本で見とれることができたものである。それから年とともに、役者たちはだんだんと衣服を取り去っていき、小型の本は、今日でも愛好されているエロティックな写真カレンダーの先駆けに変化してゆく。あの善良な法王グレゴリウス十三世は、その天文学上の苦心が将来、ヌードの女性の姿を衆目に曝すのに役立つようになろうとは想像だにできなかったであろう。

リチェオ（高校）三学年のクラスに、私は誕生日が二月二十九日の旧友カルレット・スカラメッラなる者がいた。彼にはこの日は正真正銘のぺてんだった。四年ごとに一回しか贈物をもらわなかったのだ。友人たちは彼をカルレットと呼ぶ代わりに、ビゼスティーレ〔イタリア語 *anno bisestile* は閏年を意味する〕と呼んでいた。それから或る日、彼は解決策を見つけた。二十九日に祝う代わりに、二十八日の真夜中に蠟燭の付いた誕生日のケーキにナイフを入れるという習慣に換えたのである。

だが、誕生日は別にして、祖先たちは時間、とりわけ分を数えるのにどうやっていたのか？　たとえば、ダンテ・アリギエーリはベアトリーチェと会う約束をするときにどうしていたのか？　彼は彼女に対して、「ねえお前、明日太陽が中天に達したときに、洗礼堂の入口で会おうよ」と言ったのか？だが、曇りだったら？　雨が降ったら？　または、ユリウス・カエサルがおんどりを左右両側からアタックしようと決心した当時はどうなっていたのか？　時計もなく、目覚まし時計とか、携帯とか、照明弾もなしに、彼はどうやって将軍コンシディウスやラビエヌスに攻撃の時間を知らせることができたのか?

だが、現在に戻るとしよう。時間との関係はすべての国で同じというわけではない。ある国では重大な意味が認められているが、ほかの国では過小評価されている。たとえば、合衆国では時間は金であるし、メキシコでは時間は浪費されており、スイスでは時間はつくりだされており、インドでは時間は無であるかのようであり、ナポリでは時間は見下されているのである。実際、私の故郷では友人と会う約束をしても、拘束力がない。ナポリ人は「七時頃に会おう」(Ce vedimmo a via d'e sette)と言う。反対に北方へ行くほど、時間厳守になる。私が十年ほど前に、ローマからストックホルムに飛んだとき、信じ難い体験をしたのを思い出す。私の隣の座席にいたのは、金髪のとても可愛い少女だった。私たちは親しくなり、その晩或る晩餐に招待された。招待状の上に祝宴の始まりが十九、二十八と書かれているのを見て、私はひどく驚いたものである。

「十九、二十八とはどういう意味なの?」と私はそのスウェーデン人女性に訊いた。

「ここスウェーデンでは、二分間隔で個別の客を招じ入れて、お客をふさわしいやり方で家の主人が迎えられるようになっているの」と、彼女は微笑しながら答えるのだった。

「たとえば今晩は、ファン・ストラテンスの家に十九、二十八に行き、別のカップルは十九、三十に到着し、また別のカップルは十九、三十二にやってくることになっているのです。」

「それじゃ、時間を厳守しなくてはならないんだね!」と、私はびっくりして叫んだ。

実は私たちはいくらか早めに赴いたから、例のスウェーデン女性の車の中で約五分待機し、十九、二十七に玄関へと急いだ。ところが不運にも、めがねをかけた禿頭の紳士がたぶん別の祝宴の途中だったらしく、私たちの目の前のエレヴェーターに飛び乗ろうとしたのだ。
「降ろしてください」と私は叫び、階段の間に駆け込んだ。
私たちは辛うじて間に合ったのだった。

北欧人の時間厳守はもう天下周知のことだ！　知られている最初の時計が一三四九年英国で造られ、それがドーヴァー城のものだったのも偶然ではない。私の情報が正しければ、それにはまだ分針がなかった。ガリレイが振り子時計を規制している法則を発見するまでには、もう三百年待たねばならなかった。伝記作家ヴィンチェンツォ・ヴィヴィアーニの語るところによると、この天才は或る日教会の中に入り、シャンデリアが隙間風のせいであてどなく揺れているのを見た。それで彼はひらめいた。「人が必要とするだけの調子で揺れさせるためにはロープを短くするか長くするかだけで十分でしょう」と、彼は心配そうに眺めていた主任司祭に言ったのである。それから彼は帰宅するや、時計を造りにかかり、長らく試行錯誤の後、とうとうそれを人の心臓の鼓動に調子を合わせて揺れるようにしたのだった。

今日では、電子時計はたった一秒で三百万年狂わせかねない。人はあまりにつまらぬことにこだわることのないように、そして遅延の詫びを言うようにすべきではなかろうか、と私は思っている。やはり時計に関してだが、私のおじアルフォンソから初聖体拝領として素晴らしいフィリップ・ウォッチを贈られたことを覚えている。私はすぐに誇らしげになった。弁護士アニェッリみたいに袖口にそれをはめて、みんなに見せびらかした。私の最大の満足は、時間を知りたがる人から誰彼となく街路で呼び止められたことだった。今日では残念ながら、もうこんなことは起きない。誰でも、失業者たちでさえ、時計を持っているし、誰も通行人に正確な時間を尋ねようと思ったりはしない。実際上、どこででも——自動車の計器盤でも、コンピューターの画面でも、携帯、等々でも——時間は読み取れるからだ。

時間問題では、私には三人の偉大な師匠がいる。アルベルト・アインシュタイン——ドイツの科学者、アメリカの市民権を得た（一八七九年ウルムに生まれ、一九五五年プリンストンで没）。アンリ・ベルクソン——フランスの哲学者（一八五九年パリに生まれ、一九四一年に同地で没）。そして最後にアッティリオ・カプート——ヴィーア・オラツィオ十四番地の守衛（二十世紀前半にナポリで生まれ、今なお存命）。

アインシュタインによると、時計の針はその時計の持ち主が宇宙の中で動くスピードに応じて、速く経過したり、遅く経過したりする。彼がより速く旅すれば、それだけ時計は遅くなる。その持ち主が光速に達するや、時計は完全に停止する。このことを疑う方は、アルベルト・アインシュタインの『相対性理論の通俗科学的説明』(*Populär-wissenschaftliche Darlegung der Reeativitätstheorie*) を読むことをお勧めする。または代替物としては、拙著『疑うということ』(谷口勇／G・ピアッザ訳、而立書房、一九九五）をお読みいただきたい（天才の傍に私を並べることをお許し願いたい）。

アンリ・ベルクソンは『形而上学入門』の第二章において時間の問題に取り組み、時間が速く過ぎるか遅く過ぎるかは、それを体験する人の精神状態によると主張している。このことをあまりに固く確信していたために、彼は〝時間〟概念を〝持続〟概念で置き換えるに至っている。より土着の表現をすると、ベルクソンにとって、愛する人の腕の中で一時間を過ごすことと、歯科医のドリルを口の中に当たられて一時間を過ごすのは別なのだ。前者の場合は、人は時間が飛び去ったみたいだと言い、後者の場合には、時間が終わろうとしなかったと言う。ときには、時間をより速く経過させるには、少しばかりうさ晴らしをするだけでよい。このことを疑う方は、車で交通信号灯の前で停止し、赤信号が青に変わるのを眺めてみればよい。それを凝視すればするほど、待機は長く感じられるであろう。それに反して、傍の座席の上に置かれた新聞の大見出しを一瞥すれば、ほとんど一瞬に青になるであろうし、後方の運転手たちがクラクションを鳴らして注意を促すことであろう。

だが、誰よりも時間測定における精神状態の重要性を私に把握させてくれたのは、守衛をしていたドン・アッティリオ・カプートである。当時、私がまだナポリのＩＢＭで働いていたとき、私は或る日、会社のために新しい支所を選ばざるを得なくなった。それで会社から命じられたように、市の中心を探しに行く代わりに、私はヴィーア・オラツィオに破格な物件を賃借したのだ。六階で、パノラマのきくバルコニーを備えており、湾が一望でき、交通量が少なく、メルジェッリーナ公園がごく近くにあった。唯一の問題は、よれよれの――または、ＩＢＭ風に言えば、店のダイナミズムに不適切な――エレヴェーターだった。実際、従業員たちは初日から私に抗議しにやってきたのである。

「技師さん」と彼らは言うのだった、「今朝私は十分以上もエレヴェーターを待ちました。後で知ったのですが、四階の婦人がベビーカーを入れられなくてブロックしていたせいなのです」。

他方、こういう状況は別に驚くには足りなかった。事務所として、通常の住居用の建物を選べば、何らかの不都合は当然避けられまい。そこでＩＢＭイタリアは、中庭に第二のエレヴェーターをどうしても設置することに決めたのだ。この計画を実地に移すには、市役所、とりわけ居住者たちの許可を必要とした。このことを経済的に表現すると、数百万リラの出費を要した。ミラノからは会社の建築家と土地測量技師がやって来た。それから、関係者全員との会合が招集され、そのなかには、ホールの奥に追いやられた、この建物の守衛も含まれていた。ところで会合が終わりにさしかかったとき、ドン・アッティリオが立ち上がり、発言を求めたのである。

「インジェニェー」と彼は私に言った、「私に一つアイディアがあるのですが。第二のエレヴェーターを建設するのに数百万も投ずる代わりに、一万リラ、せいぜい二万リラで解決できますよ。二つの素敵な鏡を購入するのです。一つは地階に、もう一つは六階に設置します。こうすれば、あなたの社員のみなさんは待ち時間に自分の姿を眺めることができますし、時間は過ぎて行き、誰も文句を言わなくなりますよ」。

とうとうこの解決策は採用されたのであり、私としては、ベルクソンをやっと正しく理解することに成功したのだった。

3　分　身

彼がまるで幽霊みたいに突如私の前に現われたのは、例の部屋を発見して三日目のことだった。私に唖然とさせるほど似ており、少々腹が出ていて、青い目をし、ごま塩の髪の毛をしていた。おまけに口ひげまで蓄えていたとしたら、私本人が鏡に映っていると思ったかも知れなかった。それに、服装まで私にそっくりだった。青いジーンズをはき、短い袖の白いサファリジャケット——私の友人フェデリーコがマレーシアから戻ったとき私に贈ってくれたもの——を着用していたのだ。当初はひどくびっくりした。それから、友好的な微笑を浮かべて近づいて来たので、私は社交的な人物を相手にしているのだと気づき、彼とかかり合うことにしたのである。

この出会いをこれから語ることにし、これからは少なくとも対話では、わざと現在形を使用したいと思う。

「いやあ（Ciao）」と私に挨拶してから、彼は椅子の一つに腰掛ける。

「どうやってここに入って来たの？」と私が尋ねる。

「入って来たんじゃなく、現われたんだ。」

「〝現われた〟とはどういう意味なの？」

「私が姿を取ったということ。」

「やっぱり分からないな。言っておくれ、あんたは誰で、私に何を求めているのかを。」

「私はあんたなんだ。」

「どういう意味で？」

「私がすべての点であんたにそっくり同じだという意味で。もちろん、口ひげは別だが。打ち明けると、あんたがそれを蓄えようと決めたそのとき、私も伸ばそうかと考えてみた。でも、それじゃ老《ふ》けて見えるのでは、との思いで怖くなり、止めたんだ。何なら、それを剃り落とすようあんたを説得したいところなのだが。ないほうがあんたはよく見えるだろうよ。」

「なぜ私が当時それを蓄えるようにしたのか、分かる？」

「ふーむ。ちっとも思いつかない。たぶんよりインテリらしく見えるようにするためなのか、たぶん批評家たちに気にいられるためなのか……。」

「よろしい。あんたは私と似てはいるが、私のことを識らないな。私がどうしても避けたいことがあるとしたら、それはインテリの姿なんだ。私が隣人とうまくコミュニケートするのに役立つとしたら、私は読み書きできない浮浪者を装うことだってやりかねないだろう。実際、私は書物の中でも会話においても、できるだけ平凡であろうと努めているんだ。これは私が以前に定めた選択であり、それを決して後悔したことはないんだ。」

「〝平凡〟とはどういうことなの？」

「言いにくいのだけど、二、三の実例で説明することはできる。誰でも、生涯において途方もない成功を収めた者は、この成功のためにいつかは幸福の喪失という代価を支払ったことになるんだ。彼らはかつては朝から晩まで笑ったりふざけたりしていたのに、今ではそういう笑いが彼らからかなり消えてしまっている。今ではロベルト・ベニーニがどうしていると思うかい？」

「知るわけないでしょう？」

「自分の家に、禁足されている。街路で襲撃されないために、テレヴィの前で一日を過ごさざるを得なくなっているんだ。ところが二十年前の、『もう一つの日曜日』(*Altra domenica*) の時代には、彼はごく平凡な人物だった。放送の後、レンツォ・アルボレはギターを斜めにかけて出て行き、みんなは一緒にカンディドの店で食事をした。食事が終わると、彼らは皿を脇に押しやり、ロベルトが歌い、即席の詩句を朗読した。言い換えると、彼はこれ以上の平凡はないくらい、まったくの凡人だった。それから成功し、有名になり、オスカー賞を手に入れた。今日では、彼を見たければ、パリにおいて、蠟人形館の彫像として見つけることできる。ところが、生身の彼に飲食店で会うのははるかに難しくなっている。電話帖から彼の名前を探し出して、電話をかけたとしても、いつも電話番が出てきて、彼と接触するのは不可能とは言わぬまでも、ひどく難しいんだ。」

「うん、分かった。でも、あんたは〝平凡〟がどういう意味か、まだ私に説明してはいないよ。」

「プラトンが『国家』第十巻で語っているエルの話を覚えているかい？」

「いや、何にも。そのエルとは誰のことかね？」

「ギリシャ兵で、戦争で負傷し、昏睡状態に陥り、神々から誤って死者とみなされて、あの世に送り込まれ、そこでとうとう一種の最後の審判を受ける破目になった。もっと正確には、彼は亡き戦友たちの霊魂が、まず裁かれ、それから審判により、天国に送られたり、地獄の深淵に放り込まれたりするのを見たんだ。」

「でも、そのことと、平凡な存在とがどう関係しているのかい？」

「すぐ分かるよ。エルはそれから或る瞬間に幾千もの霊魂が地獄での罰を償い、あるいは天国での中休みを味わってから、今や再生することになるのを目撃したのだ。これらの霊魂に対しては、運命の女神たち（モイラたち）がそれぞれにあらかじめ一定の生涯が刻み込まれた石を投げ与えていた。だから、それぞれの霊魂はもっとも気に入るように思われる新たな生涯を選び出すことができた。だから、エルはテラモン人のアイアスがライオンの生涯をつかみ、タミュリスがナイチンゲールのそれを、アタランテがオリンピック競技会の勝利者のそれを、そして最後に、オデュッセウスが平凡な、ごく普通人のそれを選ぶのを見て取った。ところで、プラトンによると、もっとも幸せな生涯を生きたのはオデュッセウスその人だったという。」

「プラトンはそんなことを平然と言ったのだろうが、私にはとても信じられない。それに、たとえ欲したとしても、人間がどうして平凡のままでおれるというのかい？」

「第一に、彼は成功そのものを批判的にみているし、第二に、彼は友だちを見失ってはいない。言い換えると、彼は自分自身から距離を保つことに成功している。なにしろ残念ながら、誰でも或るレヴェルの名声を超えると、早晩自我の異常肥大の犠牲者となってしまうものなのだからね。」

「自我の異常肥大って？　いったい何のこと？　病気なのかい？」

「いやむしろそれは、自分が世界で唯一の人物だと信じ込ませる精神状態なのさ。自己言及に始まり、自己賛美に終わる。」

「自己言及、自己賛美……、どれも見知らぬ言葉だ。いったい何のことかね?」

「何か自分自身のことに閉じこもらずには、何らかのことを言ったり、書いたりすることができないということだ。」

「それじゃ、あんた自身のことはどう考えているんだい? あんたの目では何者なのかい? ベストセラー作家か? 偉大な思想家か? 哲学者か? オピニオン・リーダーか? さあ、勇気を出して、あんた自身についての判断を示しておくれ。」

「うん、わかった。あんたは私の言質《げんち》を取りたがっているんだね。でも、私はそんなことに騙されはしない。まず言っておくが、私は幸せ者だったんだ。たとえば、イタリアにはたくさんの作家が存在するし、実際に有能な者が大勢いることは確信している。でも、彼らの或る者だけが作家たちの守護天使から選び出されており、他の者たちは永久に無名のままか、少なくとも彼らの死亡日までは無名のままだろう。カフカ、モルセッリとかトマージ・ディ・ランペドゥーサのような作家たちのことを考えるだけでよい。そうすれば、この職業がいかに辛いものかが分かるだろう。この三人ともすべて、誰かから認められるという満足を持つことなく、この世を見捨てた。それに対して、私は少なくとも二つの生涯を生きたような感じを味わっている。四十八歳という素晴らしい年に、私は再生したのだ。初めの生涯では私は技師をやり、結婚し、一人娘の父親となった。それから第二の生涯では作家、映画監督、ショーマンをやった。」

「じゃ、両方の生涯のどちらのほうがより幸せをあんたは感じるの？　たぶん第二の生涯のほう？」

「……そう、第二の生涯のほうが。でも、それは作家としての生涯が技師のそれよりも満足するものだからというのではなく、私がより老いたからなのだ。そして、老いるということはより敏感になり、周囲にあるものにより注意深くなることを意味する。今日日《きょうび》では、私はどんなこまごましたことにも心を動かせているし、目に涙が浮かぶことも稀ではない。あんたにもそういうことがあるかい？」

「もちろん。あんたは私を誰だと思っているの？　ゾンビだとでも？」

「すまない、そんなことはないよ。でも、あんたはまだ自己紹介してないね。どういう名前なの？」

「何とでも、好きなように呼んで。影武者、分身《ダブル》、コピー、フォトコピー、ルチャーノの二人、ダブル、複製、そっくりさん、替え玉、……要するに、あんたに一番お気に入りの名前を選んでおくれ。」

「私はあんたを分身と呼びたいなあ。どう思う？」

「分身か……けっこうだ。でも、もちろん口ひげだけは除いての話だよ。」

4　平行の世界

一か月間彼の姿がもう見えなかったから、私はすべてが夢に過ぎなかったのではないかと思い始めた。彼に会えないかとの希望のもとに、秘密の部屋にいつも出入りした。彼を驚かしたいかのように、私は突如扉を開けたりした。十分間（正確には、十分間のように思われたのだが）待って、それから再び、前よりも幻滅してそこから出るのだった。ある晩、私は彼のことを夢見ることができるように、その部屋で眠る決心をした。だが、それは間違いだった。真夜中に就寝し、八時間眠った後も依然として真夜中だった。その結果、私はもう眠気はなかったのだが、なおも一晩を過ごさねばならなかった。おまけに、私は全然何も夢見なかった。しかし目覚めると、彼に会いたいという私の欲求はなおも強くなった。そのため、私は叫び始めたのだ。

「分身よ、どこにいるんだ？　分身よ、答えておくれ！　分身よ、ばかなことをするな！　分身よ、姿を見せろ！」

静まりかえっていた。しかも、私は誰とも話すことができなかった。人が見たら、私は気が狂ったと思ったであろう。初めの数日間、私は一番の親友フェデリーコにすべてを語ろうと試みたのだが、後でこのことを後悔した。フェデリーコは大企業の責任者であり、言い換えれば、はえ抜きの人物と言われていたのだ。まず第一にこの部屋を見たがるだろうし、私は彼にそれを見せることにいささか難儀を覚えることになろう。なにしろこれが突如、雲散霧消することのないように、保っておくべき秘密みたいに、私だけのものとして残しておかねばならぬと感じていたからだ。念のために、私は書架を右側に動かさせ、秘密の扉はボルドー色のビロードから成るカーテンで隠した。けれども或る日、誰かにすべてのことを語りたいという欲求でいっぱいになり、もちろん例の部屋のことには触れないで、私は分身の話をフェデリーコに告げたのである。

「フェデリーコ」と私は彼に言った、「私は自分に信じ難いぐらいにそっくりな人物と出会った、とあんたに紹介したね。ほんとうに瓜二つだったんだ。でも、それはあんたに想像できないほどそっくりだったんだ。顔も衣服も私と同一だった。もっと信じ難いことに、彼は名前まで私と同じだった。ルチャーノ・デ・クレシェンツォと言ったんだ。」

「どんな男かい？　ゴリャードキンか？」

「ゴリャードキンだって？　それはいったい誰のことかい？」

「ヤーコヴ・ペトロヴィッチ・ゴリャードキン。ドストエフスキーの小説『分身』（一八四六）の主人公のことさ。」

「私は読んでない。彼はどう扱っているのかい？」

「役人ゴリャードキンなる者が、ある日役所で、名前も同じであらゆるそぶりも瓜二つのそっくりな別の役人を見かけるのだ。彼と友人になり、自腹で飲み食いし、彼自身がうまくやり終えた実務の名声を手にし、同じようにその他のことも手にするのだ。明らかにこれは精神分裂病の一つの形、もしくはせいぜい夢である。ちなみに、こういう夢は東欧文学では愛好されてきたモティーフなんだ。カフカの物語でも、役人グレゴール・ザムザが或る朝目覚めると、ゴキブリになったことを発見するのだが、ゴーゴリによると、コヴァリョフ氏は或る朝ベッドから起き上がるや否や、鏡で鼻がなくなっていることに気づいている。鼻が平べったくなっており、隆起がすっかりなくなっていたんだ。それから顔をマフラーで覆って家を出、ある役人と出会う。この男は虫の好かぬ奴で、彼の鼻を見せびらかせる。鼻の先端のにきびで、それが自分のものだと気づくのだ。でも、私はあんたの代わりにあまり心配することはしないでおこう。そんなことはよくありうるのだから。いったん目覚めれば、すべてのことは以前と同じに戻るものなんだ。」

夢か否かには関係なく、私はこの分身を何回も見たのだった。ある晩、私が例の部屋に入ると彼はちょうどトトーが言っていたように「無頓着な様子で」(tomo tomo cacchio cacchio)〔トトーが好んで用いた表現〕私の前におり、やはりややのろまな微笑を唇の周囲に浮かべていた。彼は私が目覚めているのか眠っているのかを確かめようとして、私の腹をつねった。

「いったいどこに行ってたんだ?」と、私はややむっとして訊いた。

「その上さ」と彼は答えながら、後ろを振り返った。「先に来れなかったのは、許しが出なかったからなんだ。」

「許しって、誰の?」

分身は答えないで、話題を換えた。

「ところで、あんたはどうしていたの？」と彼が尋ねた。「何か書いたのかい？」

「いや、一行も。私はこの呪われた部屋に数えられないほど往復し、あんたを待ったんだ。でも、今はもう言い逃れできぬぞ。あんたは私の人生をすっかりぶっ壊してしまったんだ。さあ、何をしでかしたのか、洗いざらい語ってくれ。さっきの許しについて話してくれ。いったい誰の許しを得なくてはならなかったのかい？」

またしても沈黙、休止があり、それから少しばかり咳払いしてから、分身が語りだした。

「いいかい」と彼はいうのだった、「あんたの世界とつり合っているもう一つの世界が存在するんだ」。

「もう一つの、つり合ってる世界だって？　反物質みたいなもののことかい？」

「そう、そのとおり。でも、その世界では事物はあんたのところみたいに、電子《エレクトロン》ではなくて、陽電子（配列はまったく同じ）から構成されている。言い換えると、平行の世界さ。たとえば、このテーブルだが、私の世界にもそっくり同じものがあるし、同じことは、われわれの周囲にあるすべてのものについても言える。物体であれ、動物であれ。ここには原型が、あそこにはコピーがあるんだよ。」

「ということは、あんたは私のコピーというわけ？」

「そのとおり。」

「じゃ、その平行の世界を見る機会が私にはあるかい？」

「まずないね。私があんたの世界に降りて来るためには、何年も引き続き要求した結果、やっと例外的に与えられた特別の許可を必要としたんだ。こういう許可を得るのは、われわれにとってはロトを当てるようなものなんだ。」

「そのロトに関してだけど、あんたらは平行の世界で、水曜日と土曜日に抽籤される数をあらかじめ知っているわけではないだろうね？」

「あんたは私を誰だと思っているんだい？　煉獄の魂だとでも？　とにかく、そんな馬鹿げたことを信じられるのはあんたらナポリ人だけだよ。私はあんたらのコピーにほかならないし、あんたが知ってることしか知らず、それ以上でもそれ以下でもない。あえて言うと、何回あんたを探しにやって来れるか分からない。それだから、われわれはおしゃべりで時間を浪費すべきではない。むしろわれわれが出会ったという事実を活用すべきなんだ。」

「でも、われわれは一緒に外出することはできるのかい？　都心のスペイン階段に散歩に出掛けて、あんたは人びとや、ショーウィンドーや、車や、ひょっとして私の友だちを眺められるのかい？　あんたを親友……フェデリーコ……に紹介したいんだが。彼は好感のもてる良い男なんだ。もう三十年以上も識り合いなんだよ。」

「いいえ。私への許可はこの部屋とあんた本人だけに限られているんだ。私は反物質からできているから、物質から出来上がっているであろうあんたの友人と接触するや否や、私は即刻消え失せてしまうだろうよ。」

「それじゃ、今この私が近くにいるのに、どうしてあんたは消え失せないのかね？」

「この部屋には時間が存在していないし、したがって、消失に必要な二、三秒すらも存在しないからだよ。でもそれはそうと、あんたの世界を見るために散歩に出掛ける必要もないんだ。私はそれをあんたの目を通してもう眺めているんだよ。たとえば、あんたは驚くだろうが、あんたの生涯のいくつかのエピソードを私は知っているんだよ……。」

「おやおや、私のプライヴァシーをかい！　言い換えると、私の理解が正しければ、あんたは一種の守護天使なんだ。たぶんあんたは私が最近の選挙でだれに投票したのかも知っているんだろうね。」

「もちろん知っている。それにあんたも喜んでくれると思うけど、私はあんたと政治的立場を共有しているんだ。」

「それじゃ、私の恋愛も知っているのかい？」

「一から十まで全部を。でも、それで十分というわけではない。私が同一だと思っているような、真に平行した存在なら、その課題を真剣に受け取る場合には、同じ人間を愛するであろう。だから、私もあんたがナポリで、リチェオ（高校）の最高学年に在学していたときには、ジュリアーナ・フィリッピーニのせいでひどく悩んだし、それから一九六五年にあんたの奥さんが一両日あんたを見棄てたときとか、最後に、イザベラ・ロッセリーニがアメリカに出発したときには彼女のことで、私も悩んだんだ。」

「これはしたり、それであんたは私を助けるために何かしてくれることはできなかったのかい？　まあ、……私の気分を逸らせるとか……、ほかの女性を連れて来てくれるとか……、要するに、私の苦しみを和らげるのを助けてくれることは？」

「残念ながら否だ。私たち分身はそういう能力はないんだ。せいぜい助言を与えることができるくらいだ。でも親愛なる弟よ、あんたは私の助言を馬耳東風に聞き流した。たとえば、覚えているかい、ナポリであんたの美女ジュリアーナが海軍専門学校の生徒と一緒に立ち去ったときのことを？ そのとき私はあんたに言ったんだ、『ルチャー、彼女の後を追うな！ ルチャー、彼女を諦めよ！ ルチャー、彼女はあんたなぞ興味がないんだ』と。でもあんたは何も、そんなことは『夢にも思わない』(mano p'a capa)〔ナポリ方言〕で、あんたは小犬みたいに彼らの後を追ったんだ。あんたはヴィラ・フロリディアーナまで彼らに付いて行き、そこで彼が彼女にキスしたとき、あんたは犬みたいに苦しんだ。」

「うん、もちろん今でも覚えているよ。あれは私の生涯で最悪の瞬間の一つだったと思っている。」

「それで、今になってはどうかい？」

「どういう意味で？」

「恋愛では、という意味さ。あんたは幸せかい、それとも不幸せかい？ あんたの脳裡から去らない女性はいるのかい？ 告白するが、あんたが少しばかり恋患いをしているのをみても、私はそれほど不快とは思わないだろうよ。」

「それはなぜかい？」

「悩んでいる作家のほうが、悩まない作家よりもうまく書くからだよ。この点では、作家はロブスターに似ている。ロブスターは生きたまま熱湯に放り込まれると、美味になるものだよ。」

「でも、それはかわいそうだな。私はロブスターになりたいとは少しも思わないよ。あんたが詳しく知りたいのなら、私はすでに惚れ込んでいるんだ。でも、私の夢の女性は、たとえ私が望んでも、私を悩ませることは決してできまい。」

「それじゃ、すべて話しておくれ。私は好奇心で死にそうだ。すべてを知りたいんだ。その彼女はどういう名前なのか、どこに住んでいるのか、何歳なのか、ひょっとして、あんたは写真とか、ヴィデオでも持っていないのかい？　平行の世界で彼女を見つけ出せたら嬉しんだが。」

「すまんが、私にはもうさっぱり分からない。先ほどあんたは私については何でも知っていると言わなかったかい？　私のどんなに秘めた思いでも知っているのでは？　ところが今や私は確信しているんだ、あんたが私のことは全然何も知らないんだということをね。」

「もちろん、私の説明はうまくない。私が知ることのできるのは、あんたのしていることであって、あんたの考えていることじゃない。あんたの昔の恋愛のことを話したのも、あんたがよく泣いているのを見たからなんだ。でも今じゃ、私の知るかぎり、あんたはもうずっと泣かなくなっているね。」

「そのとおり。実際に私は泣かなくなっている。彼女のことを夢見るだけで十分だからだ。彼女はステファニアと言って、背丈は私と同じぐらいで、目は青く、長い黒髪はほとんど彼女の腰にまで達しているんだ。年の頃は三十五歳に違いない。彼女がヴィーア・デル・コルソを散歩しているところを見た日から、私は彼女のことばかりが気になっているんだ。あるとき、私は自問したんだ、寿命が延び、みんなが〝若い老人〟のことを話題にしているというのに、私がもう一度初恋を経験してはいけない理由はあるまい、と。そこで、私は彼女に惚れることを決意した。だが同時に気づきもしたんだ、こんな絶世の美女に求愛したとしたら、ありとあらゆる不都合も振りかかってくるに違いない、と。しかも私は七十歳も超えていて彼女の二倍にもなっているのだから、然るべきやり方では決して彼女に求愛できはしまいということも。私のできることとしては、彼女を食事に招いたり、一緒に散歩したり、彼女に初キスをしたり、それから第二のキスをしたり、等々ということぐらいだ。だから私は自分の思いをそっくり彼女に捧げるだけに自制したんだ。あんたはモーリス・セーヴのことを知ってるかい？

「いや。それは誰？」

「十六世紀の有名なフランス詩人で、プラトニック・ラヴの信奉者だ。彼は或る外国の王女の話を聞いただけで、彼女にすっかり恋してしまった。デリという名前で、この彼女を最高のアイドルに選び、『デリ、至高の徳の対象』（*Délie, objet de plus haute vertu*, 1544）と題する十二篇のソネットからなる短い詩を捧げたんだ。その第一篇は彼女の愛、第二篇は彼女の目、第三篇は彼女の口、第四篇は彼女の胸、と続いていて、第十二篇はもちろん、彼女の両足に捧げられていた。実を言うと、はたしてこの素敵なデリが実在したのかどうかさえ誰も知らなかったのだ。確かなことは、彼女の名前がイデ（*Idée*「観念」）なる語の字句転綴《アナグラム》だったということだ。そして、同じように私も、取るに足りないにしろ、想像上の、または何ならヴァーチャルな恋人を手に入れようと努めたことがあったんだ。ただし、私の彼女はセーヴとは違い、実在したのだが！　彼女がどこに住み、どこで働き、どこで昼食を取るかを私は知っていた。彼女はヴィーア・コンドッティの紳士服店の店員だった。私は彼女に言葉をかけたことは決してないが、毎晩彼女の夢を見たし、毎晩眠る前に彼女と会話したんだ。」

「でも、ステファニアという名前もよく考えてみれば、これをアナグラム化すると、空想（*fantasie*）になるし、これがあんたにいろいろ考えさせたのかも知れないよ。だって、彼女のことを思うだけにあんたが自制したからこそ、その他のすべてのことではたいそうまずい結果になったんだからね。」

「あんたのいう〝その他のすべてのこと〟がセックスを指しているのなら、それは私にはまったくどうでもよかったと言えるよ。私は欲するならば、すでにアドリアーナという美少女を恋人に持ったであろうということを別にしても。彼女はときどき私を訪ねて来て、しかも……。」

「……アドリアーナのことは私も識っている。あんたの家に何回かやって来るのを見かけたし、それに彼女はたいそうセクシーだった。」

「そうだね。でも、まさしく彼女を通して私はセックスがみんなの話しているような素晴らしいものではないことを発見したんだ！　それを想像し、それにあこがれている限りは、それが何かであるように見えるものだ。でもそれから、ひょっとして毎晩でもそれを手に入れてしまえば、いつかはこう自問するだろう――『この骨の折れることをいったい何のためにやっているんだ？』」

「あんたのような、典型的なラテン的愛人、女ったらし、いつも美少女たちに取り囲まれてきた男が突如、異性に興味をなくした、なぞとは言わないでおくれ。」

「とんでもない。あんたは私を誤解しているよ。女性たちを今でも私は好きなんだ、ただどうしてなのかを思い出せないだけなのさ。」

5　快楽と苦痛

「昨日、私はあんたの後をつけたんだ」と分身は私にまばたきしながら言った。「最初はあんたはしばらくスペイン広場の噴水の前に佇《たたず》み、それからヴィーア・コンドッティを降り、直後に紳士服店に入って行った。一時前後で、ものすごく暑かった。女店員を眺めたあんたの目つきで、それがステファニアにほかならないとすぐに判明した。長髪と青い目をしたブルネットだった。あんたはビロードのズボンの値段を彼女に尋ねた。それから、店の外に陣取り、新聞でも読む振りをした。それで私は彼女が店を出るときに、彼女に話しかけるものと思ったんだ。ところが、あんたは彼女の後にヴィーア・ベルシャーナと交わるヴィーア・フラッティーナのバルまでついて行くだけだった。彼女はきれいだった……、実にきれいだったことは認めねばならない。おめでとう……。でもさあ、私に言ってくれないか、彼女がどこに住んでいるのかを。そして、彼女の携帯ナンバーも教えておくれ。私が平行の世界で彼女を見つけだせるかも知れぬから。」

「彼女はコラ・ディ・リエンツォ広場から離れていない、プラーティ地区に住んでいる。でもいいか、あんたはたとえ彼女に会っても、私のことを何も喋ってはいけないぞ。彼女がこの世界にやってきて、私のステファニアに私についての一部始終を語ってもらいたくはないんだよ。」

「それならなんの危険もないよ」と分身が威張った顔つきをして答えた、「若い分身どうしは許可をもらったりはしない。でも知りたいのは、本物の、つまりあんたの女性が、あんたを注目したのか、あんたが彼女の気に入ったのか、あんたにつけられていることに気づいたのか、ということだよ。」

「うん、でも何のためなんだい？　私は彼女と識り合いになりたいというつもりは少しもないんだ。私にはただ視覚的関係だけで十分なんだ。すでに説明しておいたように、私は対面の危険を犯したくはないんだ。」

「対面の危険だって？　いったいどんな危険なんだ？」

「私たちは誰でも例外なく、対面により輝きをなくする危険があるんだ。他人とよく識り合いになったらおしまいだ！　私の例を挙げよう。私は多くの人びとから作家として知られ、評価されている。でも、これらの人びとが私をもっと近くからよく知ったとしたら、この評価は消え失せるであろう。同じことは女性でも起きるのだ。ある距離を置いて、たぶん歩道の反対側からとか、何かの祭りに彼女を眺める限りは彼女たちはみな素晴らしい人物、特に美女であるように見える。けれども、交際するとか、もっとまずいことには同棲したりし始めると、彼女が当初想像していたイメージとはいかにほど遠いかに気づくものだ。だから、私はこう忠告したい、『あんたの夢に満足したまえ』と。」

「同感だ。でもこのようにして繰り返し試すなら、いつかは双子の魂を見つけるに至るものだよ」と分身は考えさせるのだった。

「離別とか、涙とか、喧嘩とか、裏切りとか、その他のことはもうよそう。ヴァーチャルな愛人ではこういうことはすべて免れるのだよ。男が鼻にかけるときは彼女を見棄て、別の対象を迎え入れても、そのことを彼女に一言も洩らさない。ヴァーチャルな関係では長所は次のことにある。つまり、そうしたければ、彼女と結末をつけられるし、相手方にそのことを言わずにすむ。新しいものを探すだけでよいのだ。」

「そうは思わないな。私はあんたの分身になってから、あんたが何かの関係で中途半端に終えたのを見たことがない。あんたは、ねえ君、このステファニアをベッドに引き込みたくてうずうずしているくせに、それを認めようとはしていないだけなんだ。あんたは私に嘘をつくことはできないんだよ。あんたのことは知り尽くしているのだからね。」

「いや、あんたは間違っている」と私は言い張った、「生涯のうちには人は観方を変えることだってありうるし、私もある時点で夢が現実よりも望ましいとの確信に到達したんだ。しかもこれは女性たちにとってばかりか望まれるすべてのことにも——いいかね——当てはまるんだよ。だから、成功、名声、金銭や、外国とか他人を知ることにもね。一例を挙げよう。私は若かったとき旅が大好きだった。ニューヨーク……パリ……ロンドン……アフリカをみるためだったら、私はどんな犠牲でも払ったことだろう。ところが、残念ながら、私は貧しかったし、私がなすことのできた最大限のことは、小型蒸気船でカプリへ往復することだった。今でも覚えているんだが、あるときまさしくカプリ島で、部屋代がなかったため、戸外で眠らざるを得なかったんだ。ところが今日では、世界中が私に開かれているものだから、私は毎夏を私の家に閉じ籠もって過ごしている。旅行しようと思えば、私には良書を読んだり、あるいは美しい写真を眺めたりするだけで十分なのだ。実は、私は他人の目を通したり、カメラマンとか作家たちの目で世界を見ているのだ。」

「それこそ、私にとっての問題でもある」と、分身はやや気落ちしてコメントした。「あんたが、旅行しなければ、私も旅行しないのだからね。それに、あんたが恋愛では決して焦がされたことがないのはありがたい。さもないと、私はセックスでも女性に恋いこがれることになっただろうし、それだけのことだっただろう。ところで、あんたのあのシーリングをもつ愛人、アドリアーナには、だいぶ私たちはお目にかかってないね」。

「うん、あんたの言うとおりだと思うよ。彼女を呼んで、食事に招くべきだろうなあ。今晩でもすぐにね。アドリアーナは私にはいつもいとおしかったんだ。きっと彼女はもっと緊密で、もっと長期の関係を望んでいるのかも知れない。他方、彼女は私のことを十分に識っているし、また私がどれほど私の自由を大事にしているかを知っているんだ。」

「でも、彼女はステファニアについては何も知らないのではないかい？」

「とんでもない。彼女は想像だにしていないよ。私がステファニアとともに眠り、目を閉じ、ステファニアのことを思っているのだと彼女が知ったりしたら、どれほどまずいことになるか、考えてもみたまえ。彼女にはひどい打撃になることだろうよ。」

「それは本当なのかい？　実はあんたとステファニアとの関係がだんだん私の心配になっているんだ。あまりエゴイストにならないでおくれ。他人のこと、とりわけ、あんたの哀れな分身のことも考えておくれ。彼女のことをやはりたいそう識りたがっているんだからね。」

「よろしい。何ができるかを見てみよう。でも、私はあんたをもっと冷静な人間と見なしているんだ……、あんたは人の弱みを超越しているんじゃないか、と思っている。」

「あんたはどれほど間違っているか、分かってないね。私たち分身は鏡像のような生涯を送っているし、それだから、私たちはあんたと苦楽をともにしているんだ。しかももっと困ったことに、出来事を左右することはできぬから、私たちはそれに反対することなく甘受せざるを得ないんだ。すべてのことが下り坂になれば、あんたはたとえば、いつでも自殺することができる。私たちはそうはいかない。私たちは私たちの原型がどうにか切り抜けるまで待たねばならない。ところで、あんたは自殺を考えたことはあるのかい？」

「もちろん。私は自殺というものがもっとも手っ取り早くて、もっとも簡単に実行に移せることを幾度考えたか知れない。」

「どうやって？」

「まあね……。合衆国で死刑囚に対してなされているような、致死注射が理想だろう。でも私はどこで毒薬を入手したものか？　他の方法はみな私には怖いんだ。たとえば、五階から身投げしたとしても、私がうまくゆく保証は誰もできまい。身体が不自由になっても、最期を遂げる確信はない。同じことは銃の発射、毒ガスとか、その他の暴力手段にも当てはまる。だから、私に残っているのは睡眠剤しかない。」

「言い換えると、あんたに怖いのは苦痛なんだね。」

「確かに苦痛だ！　すべてのことの終焉としての死そのものは私に怖くないし、せいぜい私を悩ますだけだ。でも死を正常な出来事と見なしうるためには、それがちょうど消灯みたいに突如やってこなくてはなるまい。」

「しかも私はあんたを善良なクリスチャンと見なしてきたんだ！　協会が自殺を認めていないことは、あんたもきっと知っていると思うけど。」

「知っているとも。クローン人間や安楽死、コンドーム、人工授精、胎細胞の移植、精子バンク、その他生物工学《バイオテクノロジー》において最近行われてきたすべての発見も、教会が禁止しているのを私は知っている。分身よ、いいかい、教会にとっては苦痛は不可欠な善なのだ。それは教会の権力を増大するし、教会の評判を高める。いつも泣く聖母マドンナのことが語られ、決して笑う聖母のことが語られたりしないのも偶然ではないのだ。聖像を笑わせるためにその口を開けるよりも、それの顔に二、三滴の涙を添えるほうがたやすいからこそ、聖像はいつも滑稽なものではなく、悲しいものに結びつけられてきたんだ。それに、人はいつ神のほうに向くというのか？　苦しんでいるときなのだ。されば、苦痛こそ歓迎すべきなのだ！　実は人はこの世に享楽主義者か、または禁欲主義者かのいずれかとして生まれてきたんだ……。」

「ああ、ところであんたはギリシャ哲学の大家として通っているが、そんなものは私にはからっきし分からないんだ。世人からは私が分身だと知らされているから、よく難問を提起されて、いつも私は恥をかいている。たとえば、享楽主義者と禁欲主義者といった問題についてきっぱりと説明してもらえまいか？」

「それはたいしたことじゃない。すべては約二十三世紀前に、哲学が二つの激しく対立する陣営に分かれたときに始まったんだ。一方は禁欲主義者たちであって、彼らは苦痛の価値を信奉していた。もう一方は享楽主義者たちであって、彼らは快楽を説いていた。じゃ、どちらが正しいのか？　常に

『現在を楽しめ』(carpe diem)を説いたホラティウスか、それとも、苦痛を介して初めて人は苦痛の軽減を味わうのだと教えたセネカか？　心よりも身体を評価していたルクレティウスか？　あるいは、人は特定の役を割り当てられた俳優だと見なしていたエピクテトスか？　この役が、俳優の苦しまねばならぬ舞台を想定していたとしたら、辛抱だ。」

「うん、分かるよ。でも俳優と何の関係があるのかい？　俳優は実際に苦しんだりはしない。彼は苦しむ振りをするだけじゃないか！」

「それは私も言わんとしたことだ。それだからこそ、私はいつも享楽主義者たちの側に立ってきたんだ。一神教はいずれも明日に焦点を合わせているが、われわれ俗人はとりわけ現在を信じているからね。一神教の信者たちにとっては、真の生活は今生きているものではなくて、死後にやってくるものなんだ。」

「一神教にはどんなものがあるの？」

「まず第一に、ユダヤ教、次にわれわれのキリスト教、さらにイスラム教、そして最後に共産主義だ。これらの予言者たち――つまり、モーセ、イエス、ムハンマド、マルクス――はそれぞれの楽園、他のそれよりも素晴らしい楽園を倦《う》むことなく約束したのだが、ただしそれはいつも条件、つまり死ぬ前に少々苦しむべしという条件がついていたんだ。」

「何だって？　マルクスもか？　共産主義は宗教じゃなくて、一つの世界観だぞ。」

「いいえ。共産主義は宗教なんだ。もちろん、今日日《きょうび》では、だいぶ変化してしまったが。五十年前には共産主義者たちは、プロレタリアートの独裁を受け入れたすべての人びとに〝未来の太陽〟を約束していたんだ。ところで、あんたはどちらを選んでもよいが、どの信仰でも引き込むためには苦痛を要するのだ。懐疑だけがわれわれを救うことができるし、この私は憚りながら、懐疑の謙遜な神官だと思っているのだよ。」

6　男女の分身

号外――ルチャーノ・デ・クレシェンツォの分身、ステファニアの分身と盲目的な恋に陥る。詳細は三面にて。

「いったいどうしたんだい?」と私は彼に尋ねた。

「いつものとおりさ」と、分身はサン＝マルツァーノのトマトみたいに赤面して答えた。「あんたがステファニアについて話してくれたその日にすぐ、私はヴィーア・コンドッティに出かけた。そこで私は彼女に出会ったんだ。ちょうどブチックから出てきたところだった。あんたとは違い、私はぐずぐずしないで彼女に呼びかけたんだ、『あなたステファニアさんでしょう?』すると彼女は『どうしてご存知なの?』私は『ある友人から』と答えた。すると彼女が『でも、どの友人から?』こうして、たがいに言葉を交わして、とうとうあんたのことをたがいに語り合ったんだ。彼女はｒをフランス語式にのどびこで発音した。当初、彼女がフランス人かと思った。」

「で、彼女は私のことをどう言ったのかい?　あんたのステファニアは私が二、三か月前から観察していたことに気づいていたのかい?」

「もちろん、気づいていたさ！　あんたのことを〝臆病な老いぼれ〟と言ったよ。」

「そんなことを言ったのかい？　〝臆病な老いぼれ〟って？」

「うん。でも、愛情のこもった調子で言ったよ。」

「愛情のこもった、というのは糞くらえだ！　老いぼれと言い張ったんだな！」

「ある女性から老いぼれと呼ばれたからって、そんなに怒らないでよ。どっちみちあんたは高齢なんだから。このことは否むべくもあるまい。それに、それが何だって言うのかい？　老年とは賢明、省察……の同義語でもあるんだ。」

「まあね。そんなのはみな馬鹿げている。実は私としては三十歳若いほうがよい。そうしたら、この女性に、私がそんな老いぼれなんかでは決してないところを見せてやるのだがなあ！」

「年齢みたいなつまらぬことで平静を失うというようなことを、私に言わないでおくれ」と、分身が私にしつこく語りかけた。「あんたに言うことを覚えておいておくれ。美しさと年がものをいうのは、識り合ったときの最初の十分間だけなのだ。それから識り合ったり親しくなったりするにつれて、ほかの性質がもっと大事になってくる。五年も同居すると、当初は美しいか醜いか、老いていたか若かったか、どちらにせよ、すべてが完全に同じになってしまう。いつかは美であれ醜であれ、人はすべてに馴れるものだし、同じことは年齢にも当てはまるのだ」。

「かもね」と私は答えた、「でも私が若かったときはすべてのことがすんなりと運んだんだ。私が二十歳だったときの写真を眺めるなら、私は嫉妬でいっぱいになることだろうよ」。

「本気かい？」

「もちろん本気だとも！」

「それじゃ」と分身は言った、「あんたの頭に思い浮かぶ、最初の美しいものを四つ挙げてみてくれないか?」

「最初の美しいもの四つだと?」

「あんたの心に思い浮かぶ最初の四つのものだ。たとえば……美女……美しい音楽……美しい風景……豆入りのパスタの皿……。」

「あんたが何を目指しているのか分からないよ。」

「言わんとしているのは」と分身ができる限りの忍耐を発揮しながら説明した、「人は年を取るにつれて、美しいものをよりいっそう評価できるのさ。たとえば、美女から始めよう。若いときはあんたは彼女らを理解しようと努めさえしなかった！　彼女らと同衾しさえすれば、それで十分だった。しかも後であんたの友人たちに報告できるようにするために、あんたはそんなことをしていた。ところが今日日《きょうび》では、女性と識り合い、交際し、おそらくは、同衾するのを口実にして、友情を結ぶことさえ、あんたは面白がっている。同じことは音楽、美しい風景、豆入りのパスタの皿でも言えるのだ。要するに、われわれは老紳士になって、内面的により美しくなっているんだ」。

「あんたの話し振りから、どうやらあんたは本当に惚れ込んでしまったようだな。いや、私は確信があるんだ。ある女性にうつつを抜かした男だけがそういう話し方をするものなのだ。ただ奇妙なのは、あんたがよりにもよって私の女性に惚れたことだよ。」

「いや、それは奇妙なことでも何でもない。正反対に、それはまったく正常なことなのさ。あんたはステファニアを識らない。たとえ見かけても、いつも二十メートル離れたところからだ。あんたが私のように、たった一度でも彼女と話をしたとしたら、あんたは私のことが分かるだろうよ。」

「なぜ？　いったい彼女は何と言っていたのかい？」

「いろんなことを言ったよ。でも今はもう遅いし、私の外出許可時間も切れかけている。」

7　スペルロンガ

もちろん、フェデリーコは私が彼に語ったすべてのことのたった一語も信じはしなかった。彼には、私が夢を見ていただけなのであり、それで十分だったのだ。もしくは私が何かを想像していただけなのに、それを本当と自分で信じ込んでいるのだ、と思われたのだ。会話の中で彼はタキトゥスの“Germani fingunt et credunt”みたいな格言、つまり「ゲルマン人たちは最初に或ることをひねり出しておきながら、後でそれが実際に起きたと信じている」という言葉をも私のために引用した。だが、私がステファニアの話をしたとき、好奇心を抱いて、近くで彼女を見てみたい、と言ったのである。言うまでもなく、彼は彼女に関しても留保を表明したのだった。

それでわれわれは一時より少し前に、ヴィーア・コンドッティの商店の前に陣取り、彼女が出てくるのをじっと待っていた。五分経過してから、彼女が現われた。信じ難いほどセクシーで、私がこれまで見たことがないくらいにセクシーだった。黒革のボディスを身につけていたのだが、それが彼女の胸を特別に浮き上がらせていたし、また長い横スリット入りのスカートは、少なくとも二十センチメートルの太腿《ふともも》をのぞかせていた。それから、もっと彼女を眺めるために、われわれは彼女がいつも昼食を取ることにしているスナックバーにまでついて行った。われわれは彼女のごく近くのテーブルに就き、観察した。彼女はカプレーゼ・サラダ〔トマトと、モッツァレッラ・チーズ入りのサラダ〕とビール一杯を注文し、それから、一緒にきた同僚と話し合ったのだが、隣のテーブルにいるわれわれ二人には一度も視線を向けなかった。われわれは彼女らが何の話をしているのか分かろうと努めたのだが、群衆の騒音や、彼女らがあまりに低い声で話していたために、一言も聞き取れなかった。

「これはあんたのためにはならないな」と、フェデリーコはいつものスーパーマンの顔つきでコメントした。「小っちゃな冒険としても、一回限り（una tantum）で願いたいなあ。現代のドゥルシネーア〔セルヴァンテスの『ドン・キホーテ』で、主人公が理想の恋人としていた田舎娘〕としてはまっぴらだよ。私がこんな者と道中出くわしても、一、二週間続くかどうか怪しいなあ」。

「それはあんたが不潔なマッチョだからこそ言えるんだ。あんたが独身《チヨンガー》暮らしをしているのも驚くに足りないよ。」

「いや君、私はこういうタイプの女は識っているからこそ言っているんだ。同衾する以上のことは、ああいう女では考えられない。」

当然ながら、フェデリーコは皮肉屋だった。彼は私に好意を寄せており、私にぴたりの伴侶、つまり、私と同年の女性か、せいぜい五、六歳年下の女性を望ましいと思ったのである。ところが、分身のほうは心身とも私の側についていた。彼は私のことをありのままに理解していた。彼は私を訪ねてくるたびに、彼女のことを私に話すだけだったのである。

「ステファニアは素敵だ」と分身は私に言って、目をつぶるのだった。「昨日、私たちはテッラチーナ地方へハイキングしたんだ。腕を組んでスペルロンガの横町を散歩した。ああ、彼女がどれほどきれいだったか、あんたには想像もできまい。私には彼女が私を幸せにするために、地上に舞い降りた女神に見えたんだ！　彼女の愛撫、彼女の視線、彼女が私の耳元で囁いた甘い言葉！　彼女はあんたの本を一冊も読んではいなかった。それで、私は初めから終わりまで全冊を彼女に贈ることに決めたんだ。でも彼女を驚かさないために、一度に一冊だけにした。初めは『ヘレネよ、ヘレネ！　愛《いと》しのきみよ！』（*Elena, Elena, amore mio*）〔谷口／ピアッツァ共訳（而立書房近刊）〕を贈ったんだ」。

「また、なぜ『ヘレネよ、ヘレネ！　愛《いと》しのきみよ！』からにしたんだい？」

「献辞を書くのにぴったりだったからさ」と彼は告白した。「最初のページの上に私はこう書いたんだ――〝わがステファニアよ、ステファニア！　愛《いと》しのきみに〟(a Stefania, Stefania, amore mio)と。すると彼女はすぐ私にキスしてくれた」。

「そうだったのかい。うまくやったな！」

「うん。でも、問題もあった。私の立場にもなってみておくれ。あんたは私が何を欲したと思うかい？」

「何を？」

「彼女と結婚したかったんだ。それに、できれば子供も儲けたかった。言い換えると、残りの人生を彼女の傍で過ごしたかったんだ。」

「それじゃ、そうすればよい。誰もあんたに禁止したりはすまい。」

「どうやら、あんたは平行の世界で生きるのがどういうことかまだ分かっていないようだな！　われわれ分身はあんたらオリジナルがやっていることを模倣できるだけであって、それ以上のこともそれ以下のこともできはしないんだ。あんたがステファニアと結婚しなければ、私も彼女と結婚はできないんだ。ちくしょう！」

「じゃ、どうしてスペルロンガへハイキングに行けたんだい？」

「私は少しインチキを働いたんだ。私がまるであんたがそこへ行こうとしているかのような声色をすると、私をみんなは信じてくれた。誰もそれに気づかないでいてもらいたいが。」

「分かった。じゃ今、私に何をして欲しいのかい？」

「近日中に、ステファニアが店から出てきたら、話しかけて、親しくしておくれ。それから先のことはみな、ひとりでに運ぶよ。」

「話すまでもない。私は彼女をフェデリーコに会わせた。すると彼も私に、彼女から遠去かるよう忠告したんだ。」

「したがって、それからは共謀したんだ！」

「なんなら、共謀と言ってもよい。でも、今は落ち着いていておくれ。私は仕事しなくちゃならないんだ。新しい小説を書き始めたいんだ。」

「あんたはステファニアについての本を書けるだろうよ。第一章を口述してあげよう。」

「よろしい。聞かせておくれ」と私は好奇心を抱き、それから、紙とペンを取り、耳を傾けた。

分身はしばらく沈黙した。彼に言わせると、上からやってくるという霊感を待ったのだ。それからゆっくりと口述し始めた。その声はほとんど聞き取れなかった。呼吸かと思われるほどだったのだ。ある日、彼女はトロイアのヘレネの話を読み、彼女は自分が彼女の再生だと確信した。問題はむしろ、「彼女は美しく、絶世の美女であって、否、地上で生まれたうちでもっとも美しい女性だった。彼女に求婚したすべての男たちのうちで、誰がパリスなのかを突き止めることだった。なにしろ彼女はメネラオスとの苦い経験の後で、ひどく疑い深くなっていたからだ。前夫、このメネラオスは結婚直後にもうその真の顔、つまり、極悪なならず者、不遜で暴力的な男の顔を露呈していたのだ。夥しい喧嘩の最後の喧嘩の後で、とうとう二人は別れた。それは二人がクリスマス・イヴのためにナポリへと向かっていた太陽道路でのことだった。彼は彼女の横顔を張り飛ばし、非常レーンの上に遺棄していたのだ……、まるで人が追い払いたがっているときの犬に対してするように。」

「でも、これは本当にあんたが私に語っていることなのかい?」

「本当にそうだとも。彼女本人がそれを私に委ねたんだよ。そして、あんたにもっと言っておかねばならないことがある。彼女は語っている間に泣き出したんだよ。」

「でも、誰が? ステファニアか? 信じ難いな。それで、終わりはどうなったの?」

「メネラオスに見棄てられてから、彼女は余生をともにすべき優しい人がはたして知人たちのうちにいるかどうかと周囲を眺めた。『私にすぐ一つのことを打ち明けさせてよ』と彼女は私に言ったんだ、『私は第二のレオナルド・ディカプリオかリチャード・ギアを探してなんかいないわ。私は自分自身をそっくり捧げられるような、ものわかりのいい、真面目な男の人しか欲しくはないのよ。』」

「で、なぜメネラオスが彼女を殴ったりしたのか、あんたは知っているのかい?」

「メネラオスによれば、彼女は女子色情症《ニンフォマニア》、どんな男の後ろでも追いかける女だったというんだ。」

「まあね……歩きながら尻を振り動かすんだから……どんなことになるかは分かろうというものさ。」

「今こんなところで道徳を説かないでおくれ。それよりも、どうしてあんたは生涯の伴侶、あんたを愛してくれる妻を探さないで、その代わりに、この大きな家の中で、犬みたいに独り暮らしをしているのか、説明しておくれ。」

「それは、私は自分を知っているからさ。私が自分の自由にひどく執着していること、そして他人との共生がどんなに不快をもたらすかを知っているからだよ。私が作家として長年にわたって書いてきたうちでもっとも素晴らしい愛の文言は、『私は私の傍のきみの空席を愛する』なのだ。」

「でも、あんたは一度でも、女性と共生しようとしたことがあったのかね?」

「あるよ。あんたもよく知っているはずだ。五年間ずっと結婚していたんだから。しかし、当時は私はまだほとんど少年だった。今だったら、もっと早く放棄しているだろうな。私の生活空間を他人と共有しなくてはならぬと考えるだけで、私はぞっとするよ。私は朝起きると、裸で家の中を動き回るし、トイレに行っても、ドアは開けっぱなしだ。二、三日でも客人を受け入れると考えただけで、私はひどく神経質になる。もう三十年以上、私は息をする存在と一緒に寝たことがないんだ。ある日不幸にも、ほかの囚人たちと一緒に監房に入れられたとしたら、私は死刑を望むことだろうよ。」

「でも、そんなことはあり得ないよ」と分身が少し声を張り上げて抗議した、「あんたは誰がわれわれの真の敵か、まだ分かってはいないんだからね。」

「いったい、それは誰なのだい?」

「それは孤独さ。この世で孤独より悲劇的なものはないんだ。夕方、テレヴィの前でただ独り食事するのは、私には正真正銘のホラー・シーンだよ。だからお尋ねするが、そんなものが、あんたの残りの生涯のために何を望んでくれるというのかい? 否だろう? それなら、何かをやりなさい。一緒に食事できる誰かを探しなさい。」

「あんたの誤りは、孤独を逃れられるのは女性と一緒になることしかないと信じていることだよ。」

「じゃ、ほかにはどうするというのかい?」

「第一に、友情を通してだよ。バルコニーの上の植物みたいに、それを毎日育てたり世話したりしなくてはならないんだ。次に、仕事を通してだよ。私は仕事をしていると、全然孤独を感じない。むしろ、真の幸福感に襲われることがあるよ。とりわけ何かが格別成功したと感じるときにはね。ボードレールはかつて言ったことがある――『楽しむことは労働することよりも退屈だ』と。」

「なるほど。でも、それは仕事の種類によりけりだな。そんなことを鉱夫に言ってみろ。どんな返事がかえってくることか。私は平行の世界で銀行員の分身がその職業について、恐ろしいことを語るのを聞いたことがある。彼の全生涯はお金を数えることだけだったんだ。しかも、そのお金は他人のものだったんだぞ。これが味気なくはないというのかい?」

「でも、銀行員だって」と私が反論した、「隣人、とりわけ同僚とコミュニケートしようと努めるときには、自分の仕事に意味を添えることができるよ」。

「でも」と分身は主張した、「あんたにはいつも傍に居る愛人が必要なことに変わりはない」。

「それはそうだ。あんたにかなうようにするために、ステファニアに対して、私の伴侶になるつもりがあるかどうか、彼女に尋ねることにしよう。彼女が今店員として儲いでいるものの二倍を、私は彼女に給料として差し出すこともできるだろう。そうすれば、あんた、私、彼女の三人ともみんな満足することになろうよ。」

8　パロネット

いつものように、分身は二、三週間姿を消した。ところで、私の誤解なのかも知れないのだが、私が例の部屋に入り、周囲を見回し、そして当てが外れるということが、彼には面白くて仕方がなかったのだ。私の目の中に失望を読み取れたときは、彼は大変幸せだったのだ。反対に、私が彼の居なかったときでも彼が居合わせているような気がしていたことを、彼は夢想だにしていなかったのである。それどころか、私は彼の息づかいさえ感じていたのだ。そして、彼は登場するときにも、彼の決まった台本に従っていた。すなわち、彼は私が狭いベッドの上に横になるのを辛抱強く待っており、それから、まるで私の彼に会いたいという欲求が頂点に達したことに気づいたみたいに、突如私の前に姿を現わし、いつも椅子に座り、いつも唇に間の抜けた笑いを浮かべていたのである。しかもこれだけではなかった。というのも、彼が登場するたびに、ヴァイオリンの響きが先行していたからだ。たいていそれはナポリのカンツォーネとか、一九四〇年代の曲とかの軽いメロディーだった。逆に或るときには、ヴェルディの、たとえば、「女は気まぐれ」（La donna è mobile）といったアリアの冒頭だったりした。とにかく、彼がどれを選んでも、それは一種の《ほら、分身様のお出ましだ！》を告げ知らせるための仕掛けだったのである。

「チャオ」と私は彼に挨拶した、「長く会っていないな」。

「まあね」と彼はわざと謎めかして答えるのだった、「でも私は忙しかったんだ。それに、あんたも私のことを念頭に置いていたしね。あんたは仕事だけがあんたを幸せにすると言った、あのときのことをまだ覚えているかい？　私もそのことを考えてみた、そして八方手を尽くした結果、私も自分の仕事をとうとう見つけたんだ」。

「何だって？　仕事を？　あんたの？　でも、どこでだい？　平行の世界でかい？　どんな仕事なんだい？」

「私は信頼の持てる人たちに、あんたについての本を書く許可を求めたんだ。」

「つまり、私の伝記をかい？」

「そうだとも。あんたの伝記をだ。私は言ったんだ、この男を徹底的に知っている者がいるとしたら、それは私だ、と。この機会を利用しない理由はあるまい。当初は全員が同意したわけではなかった。よくいるインテリたちは初め軽蔑した。『いったいそのデ・クレシェンツォなる者が存在していると誰が信じるのかね？』って。」

「まさか、みんなじゃあるまいな？　その信頼の持てる人たちとは、いったい誰のことかい？」と私はややむっとして訊いた。「あんたはいつも許しだとか、信頼の持てる人たちとかのことを話題にしている。その許可を出したり拒んだり……、書くことを認めたり……、あんたがスペルロンガへハイキングしようとしたとき、あんたが嘘を流さざるを得なかったり……した人びとが誰なのかを、一度も私に話してくれてはいないのはなぜだい？」

「うん、分かっている。正常な世界の人間には、やや説明しがたい事柄もあるんだよ。でも知ってもらいたいのは、われわれ分身がその原型の行動とはほんの少しでも逸れたことをやろうとすると、いつでも許可が必要になるということだよ。」

「それは分かった。でも、私が書くつもりの本は普通の本じゃない。あんたの誕生から今日に至るまでのあんたの全生涯を含まねばならないんだ。」

「よろしい」と私は言った、「それじゃ、もうお喋りで時間を空費することはすまい。聞きたいことを質問しておくれ。何でも答えるから」。


こうして、その日から分身は私の生涯について知るべきだったすべてのことを知るために私を懸命に制御することになった。彼は私に大量の質問をするのだった。まずは家族、次に私がもっとも好きな映画、私に影響を及ぼした書物について。それから、私の恋愛、私の修行へと続けて、とうとう私の信仰についても話しが及んだ。私が信心深いか、無神論者か、不可知論者か、その他かを知りたがった。


「しょっぱなから始めよう。どこで生まれたの?」

「ナポリのサンタ・ルチーア地区の、ヴィーア・マリーノ・トゥルキでだ。」

「それだから、ルチャーノという名が付けられたの?」

「そうかもね。もっと付け加えておくと、私はサンタ・ルチーア地区の人びとと多くの共通点があると思っているんだ。」

「たとえば、どんな？」

「第一に、地区のほかの子供たちと同じように、泳ぎを覚えた。」

「で、その特技は？」

「お話しよう。ある日八歳になったかならないかのとき、父と散歩していて、ひどく暑かった。そして、二人でヴィーア・パルテノペのロータリーにつなぎ止められた釣り舟を眺めていた。そのとき突然父は何も言わずに私をつかみ、海の中に投げ込んだんだ。そして、私ががむしゃらにもがいていると、父は叫びだした、『ルチャニーノ、がんばるんだ、ルチャニーノ、がんばるんだ！』どうやら、これはサンタ・ルチーア地区の住民の伝統的なやり方らしいんだ。」

「だから、あんたはサンタ・ルチーア生まれというわけ？」

「正確には、〝シニョーリ〟大邸宅街の傍だ。」

「〝シニョーリ〟とはどういう意味？」

「うーん、これにはまた歴史があるんだ！　いいかい。私が生まれたとき、地区は二つのひどく異なる、敵対的な部分から成っていた。私の家族が今も住んでいる、より洗練された人びと〝シニョーリ〟の部分と、漁師たちの住む、フェティエンティの地区としても知られている部分とに。その境をなしているのが、ずっと延びているヴィーア・ルチーアだったんだ。」

「どうも分からないな。もう少し説明しておくれ。」

「実をいうと、ヴィーア・サンタ・ルチーアは十九世紀末までは街路ではなくて、浜辺だったんだ。

この浜辺では、さまざまな営みが行われた。考えられる何でも売る行商人がいて、ゆでたザリガニや、硫黄を含む水に浸けた貝から、網や筌《うけ》〔魚を捕らえるための麦わらの笊（nasse）〕を売っていた。そのほか、実際上無数の裸の、アフリカ人みたいに日焼けした子供らが浜辺をはしゃぎ回っていた。海に面していたのは、パロネットに住む人びとの家だけだった。」

「ヴィーア・サンタ・ルチーアの背後の小高い丘のこと?」

「そのとおり。パロネットは元はティレニア海岸へのギリシャ人の入植地だったんだ。伝えられているところでは、トロイア戦争から帰還したアカイア人の一団、または、炎上直後に逃亡したトロイア人たちがここを創建したらしいんだ。

だが確かなことは、三千年前に誰かがネアポリス（新しい都市）を創建したということだ。ところで知っておいてほしいのだが、当時は都市のための第一の要件は正式のアクロポリス、つまり、敵の襲撃からその都市を防衛できるのに十分な高い丘だったのだ。さて、実をいうと、パロネットは完璧なアクロポリスだったんだ。海からほんの少ししか離れていなかったし、攻撃者が攻めてくれば、その頭上に石を雨あられと投げつけるのに十分な高さがあった。当時から今日までこの丘はずっと漁師が住みついてきた。最近では残念なことに、シガレットの密売人のアジトになっている。」

「私の記憶が正しければ、たしかあんたは何年か前にパロネットに出かけて、そういうシガレットの密売人たちにインタヴューしたんじゃないかい?」

「たしかに。当時フォルミカとかいう大臣がいて、シガレットの密売を止めさせようとして、職業変えしたいと自発的に明言したすべての密売人に少額の給与を支払う約束をしたんだ。その折に、イタリア放送局（ＲＡＩ）が撮影を計画し、私をチームと一緒にナポリに派遣したんだ。いいかね、それは忘れられない経験だった。まだローマからナポリへ行くために車に乗るや否や、委託された監督が私に言ったんだ、『技師さん、一つはっきりさせておきたいのだけど、意見の食い違いを生じさせないようにしましょう。洗濯物がぶら下がっているのを私は撮りたくないんです』。『合点がいきませんね』と私は答えたのだが、彼は前よりもっと真剣な顔つきで続けた、『ああ、あなたなんかに私は騙されませんよ。あなたはきっと私に民俗的色彩の映画を撮らせたいのでしょう。でも忘れないでくださいよ。異常がなければパロネットに直行するけれど、ただしギャグとか吊るされた洗濯物抜きで、ありのままの奉仕をしたいんです！』ところがあいにく、その日は一週間の雨続きの後の最初の晴天だったので、パロネットはすっかり洗濯物の旗がバルコニーや窓から翻っていたのだ。われわれはヴィーコロ・ストルトを少し昇り、ヴィーコ・フォルノ・デッラ・ソリターリアで曲がったのだが、どうしようもなかった。至る所、目が届く限り、洗濯物の山だったのだ。『ここは駄目だ』と監督が言った、『もっと上に行きましょう』。だが、そこも同じありさまだった。それで、私がモンテ・エキアの壮大な台地へ昇ることを彼に提案した。『私が海をバックにしているところを撮ってください、そうすれば洗濯物は映りませんよ』。『そうすりゃ、素晴らしい絵ハガキになるわい！』と監督が皮肉な返事をした。結局、われわれは一人の婦人に頼んで、洗濯物をバルコニーから取り去ってもらうしか仕方がなかったんだ。」

「よく分かった。でも、それがパロネットとどうかかわっているんだい？」

「それじゃ、説明しよう。二十世紀の初期に、ナポリ市議会はサンタ・ルチーアの浜辺をアスファルトで固め、海沿いに二列の五階建て住居を建設することに決定した。ところで、パロネットの住民たちはどうなるか。これまでは海の眺めを享受してきたのに、くる日もくる日も十四棟の二十世紀風の高層建築で遮られるほかに、ヴェズヴィオ火山を眺めることすら妨げられることになったのだ。住民たちがどれほど激昂したかは想像がつこう！」

「それで？」

「そこで、その日から地区全域が二つの地帯に区分された。昔ながらの漁師たちの地帯と、新参者、いわゆる〝シニョーリ〟のそれとに。両方の市民どうしで、憎悪が沸き上がった。街路を跨ぐことさえ危険だった。われわれは左側の歩道を通ってサンタ・ルチーアの教区教会へ行き、彼らは右側の歩道を通ってサンタ・マリーア・デッラ・カテーナの教区教会へ行った。われわれはヴィーア・チェーザレのメニキエッロで果物を買い、彼らはヴィーコロ・ストルトのアルマンディーノ・メザレングワで買った。われわれはバル・ガロファロで、ときにはテーブルに着席したままでさえ、アイスクリームケーキ〔spumone, 半ば冷凍されたムースのこと〕を食べていたが、彼らはバル・カローネで立ったまま、円錐形のコーンに盛ったアイスクリームを食べていた。ヴィーア・サンタ・ルチーアは一種のパール街〔モルナール・フェレンツの小説『パール街の少年たち』（一九〇六）を指している〕だった。いかなる越境も厳禁されていた。とりわけわれわれ子供はこの敵の地帯に入り込むと、平手打ちを食らう（paccariati）危険があった。私はときおり越境を許された少数者の一人だった。私と同じマンションに生まれ、とてつもなく力の強い友人を持っていたおかげで。彼は真の巨人であって、十三歳にしてもう私より頭一つ背が高かったし、彼は居るだけで畏敬の念を抱かせていたのだ。カルロ・ペデルソーリといった。長じて、われわれは二人とも有名になった——私は作家として、彼は役者として。カルロは今日ではバッド・スペンサー〔ナポリ出身(1929－)〕としてより有名になっている。われわれは小学校と中学校が一緒だった。私はマンドレークとニックネームをつけられ、彼は忠実なボディーガードのロータルとニックネームをつけられていたんだ。」

「私も若い頃のペデルソーリのことをよく覚えているよ」と分身が確言した。「彼は傑出したスウィマーで、しかも水球選手だった。それに、彼の分身も知っているよ。でも、彼は映画に出てくるバッド・スペンサーとはまったくの別人だ。むしろまったく無害な男だし、敏感で、内気ですらある。どんなにつまらぬことでも感動するんだ。」

「私が知っている彼もまさにそのとおりだ。ああ、あんたのせいで私は一つエピソードを語りたくなったよ。少し前に、私はサンタ・ルチーア地区のホテル・ヴェズーヴィオでペデルソーリに出くわしたんだ。『カルロ』と私が呼びかけた、『われわれの生まれたマンションを私と一緒に見に行く気はないかい？』『もちろんだとも』と彼が応じたので、われわれは出発した。それから、われわれが階段の間に立ってみると、記憶していたよりもはるかに小さくなったように思えたんだ。『いつもこうなんだ』とカルロ。『大人になってから幼年時代の場所を見ると、いつも狭くなった印象を受けるものさ』。それから外に出ると、われわれはパロネットの二人のわんぱく小僧に引き止められた。二人のうちの小さいほうがカルロに話しかけた、『バッド・スペンサー、何てすてきなんだ！』(Bud Spencèr, quanto si'bello!) そしてもう一人は『俺たちもバッド・スペンサーみたいな強力な父親がいたらいいのになあ！』(Comme ce piacesse a nuje e tenè 'nu papà gruosso gruosso comme a Bud Spencèr!) それから最初の少年が悲しげな声で、『俺たちには父がいない、孤児なんだ。』(Nuje simme orfani, nuje nunn'o tenimme 'a papà.）すると第二の少年が『あんたをパパと呼んでいい？』（Te putimmo chiammà papà?）それで私は言う言葉がなかった。カルロは目に涙を浮かべ、ほとんど聞き取れない声で、『うん』と答えたんだ。すると二人の少年は声を合わせて言ったんだ、『パパ、一万リラちょうだいな、映画に行きたいんだ。』（Papà dacce diecimila lire c'amma i' 'o cinema.）カルロは財布を出し、彼らに二万リラを渡したんだ。私は告白するが、彼らはきっと孤児ではなかったのに、彼は金額を上乗せまでしたんだ。」

9 宇宙人たち

そうこうするうちに、分身はもはやブレーキをかけられなかった。昨日はいささか誇らしげに、来月からジャーナリストとして活動するつもりだと私に告げた。

「ジャーナリストだって？　どんな新聞のだい？」と私が尋ねた。

「《コリエーレ・パラッレーロ》(*Corriere Parallelo*) の。」

「何だって？　本気かい？　あんたは新聞社を持っているのかい？　どんな新聞なのかい？」

「これは《コリエーレ・デッラ・セーラ》の一部だ。一見して、何ら差異が見つかるまい。割り付けも同じ、テーマの順序も同じだ。第一に内政、次に外国、情報、経済、文化、文芸欄、スポーツとなっている。ときどき見出しすら同じように見えるかも知れない。ただし、われわれ《コリエーレ》が情報を扱う分身の立場は、必ずしもわれわれのジャーナリストたちのそれとは一致しない。たとえば今日、私のベルルスコーニが基本的な論文を書いたが、そこではボッシに対峙するあんたのベルルスコーニとは隔たりがある。言い換えると、原型がなしているものは分身たちとは必ずしも同意見というわけでないのだ。」

「それじゃ、あんたは私に対して何を言いたいのかい？　まさか平行の全世界の前で私につばを吐くつもりじゃあるまいな？　ひょっとして私のプライヴェートな、より内密の事柄を語り出したりして。」

「いや、そんなことなら心配無用だ」と分身が私をなだめた。「たしかに、あんたが美少女と一緒のところを写真に撮られたりしたら、私はコメントを我慢できないかも知れない。でも、せんじつめれば、リーダー的人物にはいつも基本的な尊敬のようなものが存在していることであろう。言い換えると、私はあんたを決してくそみそにけなしはすまい。そんなことをしたら、私自身を傷つけるだろうからなあ。」

「でも、本心を言っておくれ。あんたは私に反する記事を準備しているのかい？　あんたの声を聞いていると、あんたは何かをたくらんでいるらしいが。」

分身は答えないで、注意をそらし、テーマを変えようとし、こうしながら、私に確言したのは、実際上何かを隠しているということだけだった。私の辛抱強さに直面して、彼は口を開く決心をしたのだった。

「正直言って、私は返答を文書にしようと考えているんだ。ちょうど一か月前に、あんたはあんたの《コリエーレ》紙上で、宇宙人たちについて論文を書き、その中で二つのテーゼを主張した。その一つでは、あんたは宇宙人の存在を確信していると明言した。あんたは宇宙には何十億もの遊星が存在すること、そしてそれらの一つにも住む者がいないとしたら、実に奇妙なことだろうということを書いた。しかもこの第二のテーゼでは、これら宇宙人は一人として、決して地球には到達できまい、と主張した。ところで、私としては第一のテーゼに関しては完全に同感しているが、第二のテーゼでは全然同意しない。それだから、私は《コリエーレ・パラッレーロ》において、あんたの主張の正しくないことを証明しようと思っている。あんたのプトレマイオス的な短見を非難するつもりだ。」

「これはしたり！」と私はいささか心配になって叫んだ。「あんたは自分でやっていることが分かっていないんだ！　窓から身を乗り出す前に、あんたはもう一度、星間の距離に関する私の計算を眺めるべきだ。それともマルゲリータ・ハック〔イタリアの有名な天体物理学者（1922－）〕の分身を探し求めて、彼女の助言を得るようにしたまえ。すべては光の速度にかかっていることを知るべきだよ。」

「ちょうど昨日、私はマルゲリータ・ハックの分身に会った。そして告白すると、私はあまり良い印象を得られなかった。彼女は隅っこに座りながらも、自分自身のことにしかかまけていなかったし、誰にも打ち明け話をしなかった。私は彼女と話し合おうとさえ努めたのだが、彼女は私を無視したんだ。」

「彼女はあんたの顔を眺めただけで、あんたが天文学を全然理解しないものと直感したんだろうよ。でも、問題は別のところにあるんだ。ごく最近のことだが、太陽系のごく近くに、新しい遊星が見つかったんだ。そこでは何らかの形の生命にとっての必要条件が存在しているらしい。そして、これら遊星のうちでもっとも近いもの――E《エプシロン》エリダノス――はわれわれから〝たった〟一〇・五光年しか離れていない。ところでお尋ねするが、『一〇・五光年がどういう意味か知っているかい？』」

分身は答えなかった。

「その意味は、エプシロン・エリダノスの光が地球にまで届くのには十年半を要するということだ。他方、たとえば月光は一秒以上はほとんどかからないし、日光は八分二〇秒しかかからない。」

「それがどうだというのかい？　エプシロン・エリダノスの住民たちがどれほど進歩しているかを知りもしないくせに。ひょっとして、彼らは光よりも速く移動する宇宙船を発明してしまっているかも知れないぞ。」

「ああ、そんなことってあるものか！　光の速度を茶化したりするなよ！　『コリエーレ』の記事の中で、私は遊星が互いにどれほど遠く距たっているかを読者に分からせるために、地球の住民とエプシロン・エリダノスの住民との星間の電話を仮定したんだ。ところで、その会話がどう進んだと思うかい？」

「どうなったんだい？」

「私は地球外の電話加入者の番号を選び出し、携帯を耳に当てながら、誰かが応答してくれるのを二十一年間ずっと待ったんだ。一〇・五年は私の声がエプシロン・エリダノスに届くまで、そしてもう一〇・五年は誰かが地球に伝えてくれるまで。それから、私は訊いた――『パスクワーレはいますか？』またも二十一年間待機して、それから小声が私に答えた――『残念ながら、間違っています。』われわれのもっとも近い遊星がお互いに隔たっている距離でも、だいたいこんなありさまなのだ。さらに、星間の旅をするとしたら、時間はもっと伸びるであろう。ちょっと考えるために、ここからエプシロン・エリダノスへ旅するとなったら、それはおよそ一千万年続くことになろうよ。」

「しかも私がかい?」と分身は微笑しながら反論した。「あんたの世界に到達するために、私はどれほど長い時間をかけたか? さっそく言うが、ほんの一瞬だ。だって、私が平行の世界に姿を消しても、一瞬後には、もうここのあんたの秘密の部屋に再び姿を現わすのだからね。」

「なるほど。でもあんたは実在してはいない。もっと正確に言うと、あんたは私の空想の中に存在しているだけなんだよ。」

「いいや、あんた、私は存在しているとも、ほらこのとおり!」と分身が答えた。「むしろ存在しないのは時間であり、しかも時間は遅かれ早かれあんたを見捨てるだろうよ!」

「ところでだが、平行の世界には宇宙人たちの分身どもが現われたことはあるのかい?」

「いや決して。でも、彼らを見たと言っている者は存在する。」

「われわれのところでも、彼らを見たと言っている者は存在する。でもいいかい、実際に宇宙人たちがわれわれのところへ到着した日に、われわれは彼ら全員を二十時のテレヴィニュースで見ただけなんだ。ある宇宙人が何百万年も旅した後で誰か間抜けな奴によって数秒間見られただけで、再び旅立ってしまった、なんてことはあり得ないよ。」

10　お暇なら、時間の説明をしてあげよう

ある日私は自問した、「時間が経過しない空間の中で、いったい何ができるのだろうか？」と。すると、答えはまったく簡単どころではなかったのである。私の脳裡に浮かんだ第一のことは、三〇〇一年まで一千年間そこに閉じ込もり、こうして三千年紀に発明されたであろうすべてのことを発見したいということだった。私は新しい交通手段、三次元のテレヴィジョン、思考を読み取れる携帯、その他千もの機器のことを想像してみた。それとも、一度もその空間から脱出することなく、永遠にいつまでも生きられるかも知れない、と私は考えたりした。でも、それでは何と退屈なことか！　とうとう私はすべてのことを制限して、一年間だけその空間に留まることに決めた。この考えを実行に移そうとしていたちょうどそのときに、突如私は一つの疑問に襲われて、自問したのだった――「外でも時間が経過しないと知りながら、一年間こんな空間の中に閉じ込もることが、いったい何の意味があるだろうか？」と。それでも、私はそれを試したかったので、短期間――一週間だけで、それ以上はご免だ――隔離状態になり、直後に私がどういう気分になるかを分かるようにしようと決心したのである。私は必要になるであろうすべてのものを一緒に運び出した――七日分の食糧、一ダースのミネラルウォーター、気晴らしのための若干の物（書物、新聞・雑誌、ヴィデオカセット、ＣＤ、テレ

ヴィジョン、ヴィデオレコーダー、ラジオ、クロスワード・パズル、トランプ、携帯すらも）を。それでその結果は？　以下に列挙していこう。

テレヴィジョンは動こうとしなかった。時間が停止していたから、テレヴィジョンは動画を放映することができなかったのだ。オリーヴオイルのためのスポットCMのところで（銘柄がどれだったかは今は覚えていない）それは静止してしまい、もう動かなかったのだ。それを眺めていると、絵、むしろ写真のように思われたし、このことはパスカルがすでに〝ビッグブラザー〟をもう見かけなくなったため、時間経過と退屈とを結びつけていたことを私に想起させた。同じことは、ラジオでも私は経験した。スイッチを入れても、何一つ聞き取れることを発信しなかったのだ。雑音、しかもむかつくようなそれしか出しはしなかったのだった。また、電子レンジも温めるために必要な時間がなかったから、何の役にも立たなかった。そのため、私はすべての食物を冷たいままで食べねばならなかった。

新聞については言うまでもない。初日の新聞があったのだが、二、三回読み返してからは、うんざりさせられたから、もう目につかないようにするために、ベッドの下にしまい込んだ。最後にクロスワード・パズル、トランプの独り遊び、その他すべての娯楽（〝暇つぶし〟と呼ばれているのも偶然ではない）に関しても、経過すべき時間が全然なかったものだから、もう存在する理由を失ってしまったのである。結局、私の手許にまだあったのは、コンピューター、ポータブルだったのだが、これらをもってしても、私は何ら全うなものを結合することはできなかった。バッテリーは新品だったのだが、スイッチが入らなかったのだ。おそらく、*clock*, *wri* という名のデーターファイルの一つがほかのすべてをブロックしていたからだろう。それで、私は一瞬その空間を抜け出し、コンピューターにスイッチを入れて、それからそれを再び中に持ち込んだ。だが、それでも何にもならなかった。私が例の部屋に入るや、それは消えてしまったからだ。要するに、略言すれば、私が暇つぶしのために持ち込んだいずれの機器——テレヴィジョン、ヴィデオレコーダー、ラジオ、電子レンジ、電気カミソリ、冷蔵庫、携帯、コンピューター——は、この部屋では身動きしなかったのである。

電子製品から機器に移っても、結果は大して変わらなかった。私は目覚まし時計（はがねの呼び鈴が上に付いている古風なもの）を持参したが、それは私が子供だったときに、学校へ急がねばならないことを思い出させるために、無慈悲にガチャガチャと音を立てていたものである。ところで信じ難いことだが、私の古い目覚まし時計は、ちょうど私の隔絶が始まった九時二十五分で止まったままで、その先を進もうとはしなかったのである。それから、私の隔絶が終わったときに、ドアを開けて外に出ようとすると、確認したのだが、まるで室外の空気とともに、室内の時間も戻ったかのように、目覚まし時計もカチカチと動き出したのである。

今や私に未解決のままだったことは、この一週間にはたして私が変わってしまったのか否かということだった。そしてとうとう確認したのは、私があの空間に入ったときとまったく同じままだということだった。私のひげは伸びていなかったし、髪の毛や爪でも同じことが言えたのだ。とうとう認めざると得なかったのは、時間は少なくとも私の身体的人格に関する限り、私が絶対に放棄できない次元だったということである。なにしろ時間は多かれ少なかれ精神状態に応じて速く経過する（ベルクソンを参照）のが真にせよ、精神状態も経過する時間に応じて、大なり小なり重要性を帯びるということも同じく真だからである。両方の主張——「私が今の姿になったのは、経過した時間のおかげである」と「時間が経過したのは、私がそれに経過するようすべてのことをしたためである」――のうち、私には前者の主張のほうがはるかに好ましい。なにしろ、この世で時間より貴重なものは皆無だからである。

さて今度は、時間がいかにわれわれの関心を変えるかを考察することにする、そこで、われわれは男女の関係から始めるとしよう。ここで考慮すべき局面は四つある。すなわち、惚れ込み、性的快楽の追求、同棲、愛着である。

惚れ込みはその後数年してから蒸発しない限り、それが現われた瞬間に爆弾みたいに爆発する。一目惚れがイタリア語で“colpo di fulmine”（電撃）と呼ばれるのも偶然ではない。ところが二人とも同時に破局に至れば、事態はそれが素敵な経験として永久に諦められるかも知れない。厄介なのは、パートナーの一方だけにその感情が消え失せ、他方はそれにより底なしの絶望に陥る場合である。どの恋愛関係にも常に、悩む者と、退屈する者とが存在するのだ。けれどもカエサルの時代には、平均寿命が二十四歳以上は続かなかったから、「僕はきみを生涯愛するつもりだ！」と少女に言う必要は全然なかったのである。四年、せいぜい五年もすれば、人は手と手を取り合って一緒に死ぬ運命にあったのだ。今日では、男の平均寿命は七十六歳、女のそれは八十二歳なのだから、最期まで手と手を取り合って死ぬのははなはだ難しくなっている。

性的快楽の追求は言うまでもなく、さらに短い間しか続かない。われわれの感覚が刺激されるためには、少なくともごく僅かな不安が課されねばならないし、このことは、人が相手をそれほど格別によく識ってはいないことを前提にしている。エロスとは、秘密の場所に入り込み、自分自身および他人の情動をだんだんと発見することを意味する。ただし、性的快楽の追求（エロティズム）とセックスとを混同してはいけない。前者は生涯の伴侶と結びついているが、後者は偶然の愛人と実行される。そして、ここでも人と人とを切り離すのは、単調という尺度をもつ時間である。夫が商用から帰宅してみると、妻が隣人と同衾しているのを見つけて、その男に向かい、「会計士よ、私はあんたのことが理解できんよ。あんたは厳密に言ってそんなことをする義務はないはずだが！」と言ったという話がある。

同棲――〝愛の墓場〟とも言われる――は、ほかのすべてに比べて、連続性による磨耗が少ない。ひとたび惚れ込みの時機が終わると、それはますます一種の監獄と化してゆく。それだから、蜜月を除き、私はすべての新婚夫婦に対して、結婚の初日から別々の部屋で暮らすか、週に一回のみ――ひょっとしてテレヴィ番組があまり面白くなく、サッカーの試合も放映されない金曜日に――同じベッドで眠るようにお勧めしたい。当初はどれほど牧歌的に思える関係でも、同棲でだめにならないようなものはないのだ。信じない人は、自分で試されよ。

この関連では、私はショーペンハウアーのいくつかの考えを引用しないわけにはいかない。（1）結婚することは、お互いに飽きあきするようになるために最大限可能なことをすることを意味する。（2）結婚とは、若いときに引き受け、老年になって皆済《かいさい》する借金である。（3）女は男からすべてのことを期待するが、それに反して、男は一つのことだけで満足する。ただし、この一つのことのために、彼はほかのすべてのことを自分で引き受ける覚悟をしているのである。

ありがたいことに、愛着——つまり、時間の経過を活用する、唯一の人間的な感情——が残存している。年月が経過すればするほど、二人の間の愛情は増大する。たぶんゆっくりとではあれ、しかし増大するのである。離婚ないし離別してからでも、以前のパートナーへの愛着は続きうるものなのだ。だから、たとえ関係が壊れている日々にあっても、橋全体を背後で切断することのないように用心することを、私はお勧めしたい。後に残す人も、一度は愛したのであるし、その人にであれ、われわれにであれ、失われるべきではない何かが必ず存在するものなのだ。このことを考慮するならば、人は将来、より幸せになるであろうし、最悪の場合でも、あまり不幸にはならないであろう。

男女の関係が尽きてからは、われわれは今度は芸術に移行して、それがいかに時間に条件づけられているかを考察してみよう。これを芸術家の見地から眺めるならば、芸術作品にとっては長ったらしい時間は必要でない。なにしろそれはたいていの場合、瞬間の贈り物たる霊感から生じるからだ。逆に、芸術消費者の見地からすると、作品が評価されるまでには若干の時間を必要とする。とにかく私としては、私の脳裡に浮かぶ最初の例だけを挙げると、ある芸術作品を、それに出くわした初回に理解できたためしがない。それが絵画であれ、書物であれ、シンフォニーであれ、映画であれ、歌であれ、私はその芸術作品を繰り返し把握し直したり、繰り返し聴いたり見たりせざるを得ない。あえて言うと、私は初めて聴いたときには、『白雪姫と七人の小人たち』でさえ理解しなかったのだ！　言い換えると、作品に透入したり、作家が私に伝えたがった内容を正しく吸収したりするためには、私は最低二～三年を必要とするのである。要するに、私は生涯において何でもできたであろうが、芸術批評家にだけはなれなかったであろう。

私は二千個ほどの古い映画のヴィデオカセットのようなものを家に所蔵しており、それらのうちの一つを眺めて夕方をしばしば過ごしている。ところで信じてもらいたいのだが、そのたびに新発見の連続なのだ！　私をもっとも感動させるのは、一九五〇年代のイタリア映画――フェリーニ、デ・シーカ、ジェルミ、ロッセリーニ、モニチェリ、リージ、……等の監督のもの――である。もちろん、これらの映画を初めて観たときにも私の気に入ったのだが、たぶん当時は必要な感受性がなかったせいか、実際にはそれらを部分的にしか理解しなかったのである。その後、時間の経過とともに、それらは私の心の中に浸み込んだ。あまりにも深かったために、私はもうそれらを諦められなくなったのだ。私が秘密の部屋の中で一台のヴィデオレコーダーを利用できるとしたら、そこに百年居てもそれほど長くはなくなったであろう。よく考えてみると、われわれの寿命は、見るべきものをすべて見たり、読むに値するすべてのものを読むのには、短か過ぎるからだ。

人は若いときには、時間が速やかには過ぎ去らないかのような印象がある。私は二十歳のときには平然と娼家に出入りできるよう、早く二十一歳にならないものかと待ち切れなくて、誕生日までの日数を数えていたのを覚えている。それにもかかわらず、あるいはまさにそれゆえにこそ、私にとって歳月は呪わしいほどに長く思われたのだ。逆に今日では、とっくに七十歳を超えているのに、私は

「メリー・クリスマス」を言う間もなく、もう「復活祭おめでとう」を言わなくてはならないのだ。この時点で私に一つの疑念が持ち上がる――「これはたんに私の個人的印象なのか、それとも時間が実際より速く経過するのか？」宇宙全体の徐々に進行する加速度が存在し、地球が毎年太陽の回りを少し速く回転し、そして二十一世紀の一日は実際には、二十世紀の一日よりも少し短く、それなのに誰も――アインシュタインでさえも――そのことに気づかなかった、と仮定してみよう。そのことを気づくようになる可能性ははたして存在するのだろうか？

私見によれば、すべてのことは時間と視覚速度との関係に依存している。このことをより詳しく説明したい。私がヴィーア・ヴェネトに行き、映画撮影機で、街路を散歩している一人の美少女を撮影するものと仮定しよう。私はそのフィルムを現像させ、それから一枚一枚ルーペで眺めることになる。そのとき、どのフィルムでも少女の脚がすっかり静止しており、姿勢は異なるにせよどの場合にもすっかり静止していることに私は気づくであろう。だが、そのフィルムをスクリーンに映写してみると、彼女がちょうどヴィーア・ヴェネトで見かけたのと同じように、街路を散歩しているのが再び見て取れる。したがって、私の脳がもろもろの映像を合成し、一定数の静止した映像を相互に結びつけることによって、そこから動きを〝派生させ〟たことになる。ところで、このフィルムを一映像に1/24秒の正常の速度ではなくて、はるかに速く映写するとしたら、その少女は突然、無声映画時代における諷刺的寸劇みたいにピクピクと動くのが見られるであろう。そして逆に、映写を遅らせたならば、われわれはいわゆる〝スローモーション撮影効果〟が得られるであろう。結論として言えるのは、時間の経過を測るのはわれわれわれの視覚速度である、ということだ。

私は小著『疑うということ』の中で、一章をそっくりこのテーマに割き、その際、この問題を一例をもって明証しておいた。すでに読まれた諸賢にはお許し願って、それを以下にもう一度再録させていただく。それは蚊の見た世界観である。

蚊の私が、わが家の壁に止まっている。そのとき嫌な奴が私を新聞で叩きのめそうとする。だが、このことは私にそれほどパニックを起こさせない。それというのも、蚊なる私は人間のそれよりもはるかに優れた最高の視覚速力を有しており、すべてを高速度カメラで知覚するからである。したがって、私には逃げるのに、そしておそらくは、私の近くにいるぼんやりした仲間に注意するのに必要な時間がたっぷりあるのだ。以下は、会話のやり取りのおおよそを転記したものである。


「ご覧、新聞が近づいているわよ！」

「ほんと？　どんな新聞かい？」

「ああ、『レプッブリカ』紙だ！」

「おやまあ！　『レプッブリカ』紙だわ。どうしたらよいか知ら？」

「分からない……もっと上に行こうよ。そうすればもう誰も邪魔できないだろうから。」

それから飛び去ってしまう。（谷口勇／G・ピアッザ訳『疑うということ』（而立書房、一九九五）、九二頁）

蚊の命は三十日に過ぎないが、すべてのことを高速度カメラ（ムーヴィオラ）で眺めているのだから、蚊にとっては極めて長く生きているように見えるに違いないのである。

11　告解

何一つとして本当ではない。私がこれまで語ったことはすべて、私のでっち上げである。時間が経過していない部屋なぞ存在し得ないし、分身や平行の世界とても存在し得ないし、分身や平行の世界とても存在し得ない。あいにく真相は別なのであり、しかもそれは恐ろしい。私は孤独な人間であるし、これ以上あり得ないほど孤独である。ところで、このことがまだ分からなかった人のために言っておくと、孤独とは恐ろしいものであり、まったく耐え難い状態なのだ。私は家にあふれるほどたくさんの本がある。素晴らしい本、はなはだ素晴らしい本、忘れられぬ本すらある。でも、私は終日読書したり、テレヴィジョンを観たり、新聞・雑誌を繙いたりすることはできない。遅かれ早かれ私は考え始めるし、それとともにいろいろの問題が始まるのだ。私には触れる人びと、その目を眺めたり一緒に議論したりできる男女が必要だ。何について？　それは未定だ。ただし、大事なことは異なる意見を持つことだ。私は話したり、聞き入ったり、一つ、二つ、百の手を握り締めたり、ひょっとして喧嘩したりする必要もある。要するに、私には他人との交流が必要なのだ。アスピリン、アウリン、ヴァイアグラの代わりに、考えないでおれるピルが発明されたとしたら、私にとって多くの問題は解決されるであろうし、私は分身氏、つまり、でっち上げの対話者との付き合いを乞うように強いられたりはしなかったであろう。世人が言うには、そういう状態のためには、鎮静剤（こう呼ばれるのも偶然ではない）が存在する、と。もちろん、私はそれを知っているし、眠れるようにするためにでも、私はそれをときどき飲んでもいる。でも、睡眠は無限に続きはしない。で、それからは？　目覚めたら、私は何をするのか？　もう一錠鎮静剤を飲むべきなのか？　いや、そんなことはしないほうがましだ。そのときになって、私は考えざるを得なくなる。そう、孤独は憂慮すべき事柄なのであり、私がかつて聞いたところでは、孤独は寒さのようであり、愛は火のようであり、友情は羊毛の毛布のようなものである、という。してみると、私に必要なものは暖かい羊毛の毛布なのであろう。

こんな思いに耽っていると、突然ヴァイオリンの音がした。ところが、今回は昨日のような陽気なソネチネではなくて、たとえば、ヘンデルとかバッハのような、教会音楽だった。正確なことは言えない。なにしろ、私は古典音楽の専門家ではないし、作曲家を見分けるのは難しかったからだ。それで、私は振り向いた。すると僧服をまとった分身を目にした。彼は椅子を一つ取り出し、私の傍に腰掛けた。

「あんたが最後に告解したのはいつだったかね？」

「おやまあ、今あんたは神父になったのか！　そんなことはまっぴらだよ！　いったい私のためにそんなことをしているのか、それとも平行の世界でもやっているのかい？」

「そんなこと、あんたには関係ない。むしろ答えてくれたまえ、告解しなくなってどれくらいたったかい？」

「風来坊に対して私生活を語る気は全然ないな。」

「私は風来坊なんかじゃない。私はあんたの分身、あんたの第二の自我（アルター・エゴ）だぞ。忘れてもらっては困る。私を敬いなさい！　とにかく、今は言い争っている場合ではない。あんたが最後に告解したのはいつだったかね？」

「どうしてそんなことを思い出さねばならんのかい？　たぶん一九六一年の私の結婚式か、一九六六年の、母の葬儀の朝だろうな。」

「で、当時からこれまでの年月に、あんたはどんな罪を犯したのかい？」

「一つもない、と言いたいところだが、でもそのためには私はあんたに、私の罪がどういうものかを説明しなくてはなるまい。そんな気には全然ならないけれど。だから、わたしはむしろ、二、三の罪を犯したことを認めよう。そのほうが手っ取り早い。」

「そう。でもあんたの犯行はどのようなものだったんだい？　言わんとしているのは、脱税とか、偽証とか、そういったことだ。」

「何も思い出せない。せいぜい、違法駐車とか、赤信号無視ぐらいだ。」

「よろしい、分かったよ。あんたは私をからかいたがっているんだな。でも、今度は不貞行為の話に移ろう。あんたはそういう罪を犯したか否か、どちらだい？」

「もちろん、犯したよ。きっとどの男だって……、でもあんたが想像するほど、頻繁じゃないよ。」

「単独でか、仲間連れでか？」

「両方とも。独りのことも、仲間連れのこともある。」

「それじゃ、仲間連れであんたが犯した初回の話をしたまえ。」

「まあ、私が十三歳か、たぶん十四歳の頃だったろうな。第三学年のことだった。クーマのシビュッラの洞窟に遠足に出かけたんだ。そのとき、私はクラスの女の友人にキスしたんだ。」

「全身を耳にして聞くから、詳しく語りたまえ。」

「今日日《きょうび》は、キスは前戯だが、私の時代にはそれは一つのゴールだった。それは和合の承認だったのだ。少女がキスすることをあんたに許したとしたら、彼女は惚れ込んでおり、心底惚れ込んでいることを意味した。私の初キスの後には、すぐに横びんたが続いた。彼女の名はリリーと言い、赤髪をしていた。『あんたが変質者だということは聞いていたわ。よくもちょっかいを出したわね！』と彼女は叫んだ。『いや、僕はちょっかいを出したんじゃない』、と私は答えた。『いや、あんたがわたしにちょっかいを出したんだ！』と彼女は叫び、もう一発張り手を私に喰らわした。私が話しているのは一九四〇年代のことだ。その後誰かに聞いた話では、パリでは恋人たちは何ごとでもないかのように、街路でキスし合うということだったが、もちろん私にはとても信じられなかった。ナポリでそんなことをしたなら、五分以内に逮捕されただろうからね。ところが、今日日《きょうび》じゃ、そんなことはどこでも見られるし、誰も問題にもしていない。」

告解の始まりは以上のとおりだった。分身は私のすべて、本当にすべての秘め事をもしゃべらせる気になっていたし、彼にそれを止めさせることは不可能だった。彼が書こうと思っていた本は彼にはひどく重要なものだったから、彼は私を苦しめ、あまりにも長く迫ったので、とうとう私は、私を悩ませた女たち、私が喧嘩した友人たち、私のことを貶《けな》した文芸評論家たちのことを洗いざらい語ったのである。最後の連中については、彼はもっとこだわり、どれほどひどく連中が私の気に障ったのかを知りたがった。

「あんたはそもそも、批評家たちから、あんたにふさわしいような扱いを受けたためしはないんだよ」と、彼は私を挑発するために言うのだった。「でも、あんたの批評家たちのうちにも違いは見られるだろう。あんたが他の者たちよりも嫌っている者だっていることだろう。さあ、勇気を出して、名前を聞かせてくれないか！」

「嫌っている、とでも思うのかい？　もう誇張しないでおこう。憎悪は大事な感情だ。だから、私をへし折った一批評家のためにそんなものを浪費するわけにはいかないんだ。せいぜい言えることは、一人ないし二人が私に反感を抱いているということぐらいだ。でも今になってよく考えてみるに、誰も私を酷評したわけではないのだ。最悪の場合、私は〝ナポリの作家〟とか、〝ユーモア作家〟とかと言われてきたし、このいずれももちろん、価値切り下げを意図されていたんだ。それ以上に、実を言えば、私はいつもただ無視されてきただけなんだ。でも、こんなことは私には、憎悪を爆発させるほどの侮辱とは思えないんだ。」

「そう、憎悪ではあんたの言うとおりだ」と分身は譲歩した、「でもあんたも説明しているように、全生涯を通じてあんたは重要な文学賞を一つも獲得したことがない……〈ストレーガ賞〉とか、〈ヴィアレッジョ賞〉とか、〈カンピエッロ賞〉……とかを」。

「ところで、正直に言うと、私はそんなものをたいして欲したことは全然ないんだ。よく注意してもらいたいのだが、私は高い所の取れないブドウを『まだ熟していなくて酸っぱい』と言ったキツネ〔『イソップ寓話』〕になりたくはないのだが、少年時代から私はそういう称賛を得たくて陸上競技をたいへん好んできたものだった。」

「今その陸上競技が何の関係があるのかい？」

「おおありさ。だって陸上競技には審判員は存在しないからだ。競技者たちはパンツをはいて対戦するし、このことはもうそれだけで素敵なことなんだ。それから、スターターと呼ばれている一人の白衣の紳士が、『位置について。用意、ドン！』と言う。すると、みんなが一斉に走り出す。もっとも速い者は一番にゴール・インするし、もっとも遅い者は最後になる。しかもこのことは目に見えている。ひょっとして、こういうことは作家たちにもあるべきであろう。私の同僚がみなパンツ姿で私の前に立っているのが目に浮かぶよ！　素晴らしいイメージだ。逆に、文芸批評家の仕事は恐ろしく骨の折れるものであるに違いない。イタリアでは毎年、五万冊以上も発行される。ところで、哀れ批評家はこれらを全部読むことはとてもできない。そこで、どうするか？　彼は作家たちをさまざまな仕分けに整理し、それからあらかじめ組み立てておいた分類に基づいて判断する。言い換えると、見ざる者や聞かざる者〔イタリア語では、non vedenti および non udenti.〕が存在するのと同じように、読まざる者――つまり、文芸評論家たち――も存在するのだ。」

「うん。でも、あんたはよりましな仕切りの中にあんたを入れるよう、彼らを説得させるために何もしなかったんではないかい？　そのことは認めなさいよ！」

「まあ、そのとおりだ。私の最大の欠点はまた生きているということさ。私は命日に新聞の文芸欄における私の死亡記事のことをすでに想像しているんだ。私の書いたいろいろのことに対して、いずれも賛辞であふれているであろう。きっと、私は、そのことを誇りに思うであろう……。残念なことに、私がそれらを読むのは、天上から、たぶん望遠鏡をもってであろう。それから、読んだ後で自分を慰めるために独り言を言うことになる――『しかたがない。生きているうちに人はすべてのことを持つことはできぬのだ』。私が言わんとしているのは、販売部数や好意的な書評のことである。他方、後代の人びとは当世の人びとよりも寛大と決まっている。これはエンニオ・フラヤーノの意見であって、彼はかつてこう言ったんだ、『当代の人びとは、同時代人であるという大きな欠陥があるのだ』と。」

「それがすべてではないよ」と分身は主張しながら、傷口をえぐるのだった。「あんたはよく美女を傍に置いて写真を撮らせてきたし、ある分野での成功が誰にもしゃくにさわるのは周知のことだ……」。

「女性に関しては、あんたの言うとおりかも知れない。故人の芸術家がよく言われるのは、ひょっとして性的な嫉妬心と関係があるのかも知れない。哀れ故人はもうできないことがあるし、それだから、今や彼に賞賛を浴びせることもできるのだ。さらに付け加えると、ユーモア作家たちは埋葬されてから初めて再評価されるものなのだ。よく挙げられる例を一つだけ引用すると、トトーは、生前は数あるナポリのコメディアンの一人に過ぎなかった。ところが今日、死後十年を経て、彼はチャップリンに比べられてきたし、アメリカ人たちからさえ称えられているんだ。」

「トトーに関しては、あんたは個人的にも識り合いだったのでは？」

「そう、私は彼と識り合いだったし、あんたもそれは知っているはずだ。当時から、あんたはもう私の分身だったんだからね。ところで私には分からないんだ、あんたがもう知っていることをどうしてあんたに語らねばならないのかを。」

「もちろん、そんなことは知っているよ」と分身がややむっとして答えた。「でも、それらをあんたの口から、それもあんたのコメント付きで聞きたいんだよ」。

「伝記のために?」

「もちろん、伝記のためだ。だから、あまりあんたに苦労をかけないのなら、どうかあの日のことを語ってくれないか、あんたがトトーを興行の後でポリテアマに訪ねたときの。」

「そう、あれは忘れられぬ体験だった」と私は答えながらも、思い出に感動しないではおれなかった。「彼はまだ狙撃隊員の行進の響きとともに最終の拍手喝采の中でカーテンの前に立っていた。そのとき私と二、三人の友人が、舞台のそでに忍び込むことに成功したんだ。拍手が鳴りやまぬ間に、トトーはさっと現われ、稲妻みたいに楽屋に消え失せた。もちろん彼はいつもの〝トトー衣装〟を脱いで君主のガウン〔トトーがある日発見したところでは、彼は貴族の出身であり、しかもビザンティンの王座を要求してさえいたらしい。だから、彼のこの衣装はふさわしかったのである(独訳者注)〕をはおる時間は見いだせなかった。われわれは彼を信頼して待った。彼がわれわれ学生に親切なことを知っていたからだ。われわれは制服の学生グループだったんだ……。」

「制服の?」

「そう。先端が長くとがった、横に垂れ飾りの付いた、大学生の帽子をかぶっていた……。」

「それで、彼はあんたらに何と言ったの?」

「若い衆《グワリウ》」と彼は言ったんだ、「あんたらのことは分かったよ。あんたらは私のために来たんじゃない、近くのバレリーナたちを見にやって来たんだな。それなら疲れた男の気に障ることをしないでくれ。あんたらが少女たちにしてやれることをやってみたまえ。」

「うへぇ、トトーのバレリーナたちは当時大物だったんだぞ！」

「それから、われわれが彼を俳優用出口にまで付いて行くと、ポリテアマの門番のカルメリーナなる女性が彼に言ったんだ、『王子さま、聖母マドンナにあなたさまのお伴をさせてくださいな』(Principe, c'a Madonna v'accumpagni)。すると彼はすぐに答えた、『カルメリー、毎晩聖母マドンナが私のお伴をしたら、聖ヨゼフがすぐに不愉快になるとは思わないか？』これが徹頭徹尾、真の紳士トトーだったのだ。」

「で、バレリーナたちとは、何かあったの？」

「残念ながら、何も。私は一文なしだったんだ。」

「でも、その後あんたが金持ちになり、特にショービジネスマンになってから、埋め合わせたんだね。」

「いいかい、われわれはもう論題に入っているし、私は告白しているのだから、そういう女性問題はきっぱりと明らかにしておこう。実のところ私はグラヴィア誌で愛人にさせられた女性たちの五パーセントとも識り合ってはいなかったんだ。こういう女たらしの噂は、ただローマのパパラッチのせいに過ぎないんだ。首都の多くのレストランでは、ボーイがＶＩＰ（私の嫌いな言葉だが）を垣間見るや否や、パパラッチに電話する。そして公けの写真一枚に付き五十リラ硬貨をもらっているんだ。」

「でも、最後にこそ本当の楽しみは訪れるものだ」(dulcis in fundo) と分身がコメントした、「あんたの本が、ベストセラー・リストに載るに至った瞬間のことも考えたまえ。すまないが、これこそ、あまり幸せでなかったあんたの同僚たちに対しての、まさしく配慮のなさなのだ! 言い換えると、あんたは広くはびこっている人間感情たる嫉妬心を過小評価しているよ」。

「いや、販売部数なぞ私は何とも思っていないんだ。あまり売れない作家がいても、それは私の責任じゃない。おそらくこんな法律が必要だろう——批評家たる者は本を書くべからず、そして本を書く者は批評家になるべからず、とね。もちろん、私の本がベストセラー・リストの上位にランクされれば、嬉しいよ。でも、それから書評でくさされると、私は生きられない。そのことで私は自分という者を理解させられるんだ。」

「でも、批評家たちは別にして、ナポリの同僚たちとあんたとの関係はどうなっているのかね?」

「そうだな、彼らのうちの二人、ドメニコ・レーアとルイージ・コンパニョーネとは、私ははなはだ良好な関係を保ってきた。友人たちからはミミーと呼ばれていたドメニコ・レーアは、実は狂人なのだ。彼のことで私の脳裡に浮かぶ最初の形容詞は、愛想がよい、本能的、セックス狂的、の三つだ。彼は女性には夢中だった。彼は小便しながら女性のことを想像して、彼女らを欲求していたんだ。あるとき私に語ったのだが、女性が小便する物音は、男性とはまったく異なる、とのことだった。今日、ミミーが天国にいるのか、地獄にいるのかは分からないが、私としては前者だろうと想像している。逆にルイージ・コンパニョーネに関しては、ここで語らずにはおれない、たいそう素晴らしい話があるんだ。ことはこんな具合だった。ある日、コンパニョーネがナポリの日刊紙『イル・マッティーノ』

で私をかなり激しく攻撃した。彼は私を、彼に言わせると、金を儲けるためにナポリを徹底的にこき下ろした一連の作家のリストに含めたのだ。もちろん、私は立腹したし、『マッティーノ』の編集長パスクワーレ・ノンノに電話して、一つ一つ反論した。だがノンノはいつもお人よしだったため、こう言っただけだった、『ああ、ルチャーノ、あんたは何をそんなに興奮しているんだい？　ルイージは老化したんだよ。彼は動脈硬化にかかっているんだ。あんたはあの記事を読まなかった振りをして、そのまま放置しておきなさい』。そこで、私は彼の忠告に従った。けれども一か月後に私の新著が出たとき、私はコンパニョーネに次の献辞をつけて送ったんだ——『親愛なるルイージ、私はあんたを許しているよ』。ところで、あんたは信じまいが、その日から恐ろしいことが起きたんだ。コンパニョーネはノンノと喧嘩し『マッティーノ』と袂《たもと》を分かってしまったんだ。それから彼が帰宅すると、彼のポストに私の本を見つけた。その直後に、彼は私に電話をかけてきて、言ったんだ、『デ・クレセー、私はときおりあんたに腹を立ててきたが、でもあんたが聡明なことを認めざるを得ない。あんたは献辞で、《みんなに負けた》と書いていたが、本当は私が負けたんだよ』〔ここではイタリア語（「あんたを許している」(ti perdono)と「みんなに負けた」(tì pèrdono) はアクセントの位置で意味が異なるのだ）のしゃれが弄ばれている〕」。

「それは実にすばらしい話だ。でも、今は告解をもっと続けようよ。」

「いや、今度はあんたの番だ。」

「私が？　何の？」

「告解の。」

「私が告解だって？　滅相もない」と分身が言い返した。「私は僧服をまとっていることを除き、あんたの分身だし、だから定義上、私はいかなる罪も犯せないんだ。せいぜいあんたが行ったことを繰り返すことができるくらいだ」。

「じゃ、スペルロンガは？」

「ああ、スペルロンガのことはごめんだ。何でまた私はこんなことをあんたに語ったんだろう!?これは例外だったんだ。四方山話をする人びとが、それに気づかねばよいのだが。」

「〝四方山話をする〟人びとのことは放っておきたまえ！　あんたはこれらの人びとが誰か、彼らが何を欲しているのか、あんたがいかに相違しているかを彼らが発見したら、彼らがあんたをどのように罰することになるのか、をあんたは私に打ち明けようとはしなかった。でも、今はあんたについて別のことを知りたいんだ。あんたは本当にステファニアの分身にその後も会ったのかい？　何かをたくらんだのかい？　彼女のことを語っておくれ、彼女が私のこと、つまり……あんたのことをどう思っているのかを語っておくれ。」

「この数日、私がどれほど幸せか、あんたは想像だにできまい。ステファニアと私との間には永遠の愛、決して引き裂かれはしない絆が生まれたんだ。平行の世界のどの片隅もわれわれに喜んでキスしてくれるし、あんたも行動に移るまで、私は待ち切れない。彼女はすでに何回も、一者があんたを敬っていると私に言ったんだ。」

「一者だと？　それは誰のことかい？」

「本物のステファニアさ。」

「それは言葉だよ！　でも、彼女に私は何を言うべきかな？」

「何でもよい。大事なことは、あんたは商店の出口で彼女に話しかけることしかしてはいけないということだ。ほかのすべてのことはわれわれが考えることにしよう。われわれは彼女に最後の抵抗を諦めさせる方法を知っている。あんたは彼女に自己紹介するだけでよい。それは今やらなくてはいけない。あんたのせいで、われわれ二人は絶えず大きな危険の中で動いているんだから。破局を避けるには、あんたが決断するだけでよいのだ。彼女と一緒にスペルロンガに行きたまえ。いいかい、彼女はそれしか待ってはいないんだよ。」

「それで、私は彼女に何を言うべきなんだい？　あんたと平行の世界のことを語るべきなのかい？」

「とんでもない。彼女はあんたを信用しないだろうし、第二に彼女があんたをはねつける危険があるかも知れぬ。第一、いや、あんたはみんながやっているような、見馴れたことをすればよい。まずは彼女に話しかけ、それからコーヒーをおごり、それから彼女の電話番号を訊き出し、それから彼女を夕食に招き、それからディスコテークへ連れて行くんだ……。」

「ディスコテークだって？　それはまっぴらだな。」

「それなら、ピアノ演奏付きバルにでも。要はあんたがやりたいようにすればよい。でも、急いでおくれ！」

12　永遠の愛

「いったい荒唐無稽な平行の世界を私は見ることができるのだろうか？」

「それは忘れなさい！」と分身は答えた。

「あんたのような死すべき者たちには立ち入りが厳禁されているんだ。それに、あの世界があんたの気にいるだろうとは、私には思われないんだ。それはあんたが知っている世界にそっくりのコピーであって、人間も物体もテレヴィ番組も熱中対象も同じなのだ。」

「なるほど。でも、ほかの分身たち——ステファニア、アドリアーナ、フェデリーコ、そして私の第三学年からの永遠の旧友エディ・クリスクロの分身——と識り合いたいものだ。また、私の心の中に沈潜している若干のもののコピーもみたい。たとえば、私の初めての自動車、私がＩＢＭに入社するやすぐに購入したコンヴァーティヴル型の青色のフィアット・チンクエチェントなどを。」

「それはもう見つかるまい。あんたは自分でそれをスクラップにしたのではないかい？　だから、平行の世界でもそれはスクラップになってしまっているんだ。言わば、何もかも同じなのだ。唯一の相違は分身たちの頭に見いだされよう。われわれ各人がそれぞれの原型を模倣しているにせよ、必ずしも原型の考えを共有しているわけではない。実際、分身はしばしば、原型の道徳律に反する行動を強いられることもしばしばなのだ。言わば、一つの役割を割り当てられた俳優みたいなものなのだ。それが素晴らしかろうが醜かろうが、われわれ分身はそれを演じなければならないし、たとえば、ユダの分身が裏切り者の役を演じることがそれほど気に入っているわけではないんだ。」

「でも、少なくともあんたは私と考え方を共有しているのではないかね？」

「だいたいにおいてはそうだ。でもときには、まったく反対の行動をしたかったこともある。とりわけあんたの恋愛関係ではね。」

「じゃ、どうしてあんたは私にそのことを知らせてはくれなかったんだい？　あんたがその理由を私に言ってくれていれば、たぶん私は意見を変えたかも知れないのに！　とにかく、依然として私に残る疑念があるんだ。それは生涯にわたり原型と、喜びや苦しみを共有してきた分身が、どうして突然違った考え方をし始めるのか？　ということさ。」

「それはわれわれ分身のほうが原型の思いもしないような、はるかに多くのことを知っているからなんだ。一例を示すと、あんたの恋人アドリアーナはステファニアが存在していることを知らない。ところが、私のアドリアーナは彼女のことを何でも知っているし、できれば彼女を抹殺するかも知れない。あるいはまた、あんたの友人フェデリーコは、もうステファニアをそれほど評価していないが、それに対して、私のフェデリーコは彼女に夢中になっているんだ。数日前、彼は彼女をトラステーヴェレのロモレットへ夕食に連れ出した。そして私に語ったところでは、彼女は才気煥発で聡明だったらしい。われわれはあんたの秘め事についても話し合ったんだが、あんたはわれわれがどれほど笑ったかをとても想像することはできまいな。」

「こんちくしょう、あんたは私を混乱させ続ける気かい！　初めには、あんたら分身はわれわれがやっているのと同じことしかできないと言ったくせに、今度は、あんたがステファニアと一緒にスペルロンガへ行ったこと、フェデリーコの分身が彼女と一緒にロモレットで会食したこと、そしてあんたら二人が一緒に私の背後で私を笑い飛ばしたことを私に知らせた。すまんが、こうなっては私はもう何も全然分からないよ。はたしてあんたらは分身なのか否なのかい？」

「もちろん、分身なのさ」と分身は私に確言した。「でも、われわれはいつもそういう行動を取るわけじゃないんだ。重大な人生の事柄、例えば、結婚、他人との共生、恋愛、病気、死といったことでは、われわれはあんたと同じように模倣するし、しかもこれらについて議論したりもしない。でも、たいしたことではない場合には、われわれは少しばかり逸脱をやらかすんだよ。」

「少しばかり逸脱だと？」と私が抗議した。「あんたは私の夢の女性をスペルロンガに連れ出したんだぞ……」。

「分身の女性を……。」

「分身はいいとしても、あんたはその彼女とキスし、愛撫し、しかも週末をずっと彼女と一緒に過ごした。実はそれだから、あんたらがわれわれを模倣するのは、あんたらに好都合なときだけなのだし、あんたが呼んでいるような重要人物はそもそも何ら重要ではないんだ。さもなくば、彼女を食事に行かせ、そこでわれわれの背後から笑い飛ばすようなことはしないだろうが。」

「ねえ、ルチャーノ、よく耳を欹《そばだ》てて、私のいうことを聞いておくれ。分身でいるのは決して簡単じゃないんだ。あんたのナンバー・ワンが、体験される値打ちのある何かを果たす決心をするまで、じっと待ち続けるのはね。ところで、たぶんあんたは気づかなかっただろうが、何か目標に到達するために精を出すことは、人生に意味を与えるが、他方、果実が樹木から落ちるのを待つのは、想像しうる限りもっとも退屈なことなのだ。私はあんたを私だと仮定してみたい。その秘密の部屋でわれわれが互いにおしゃべりできたことはけっこうなことなんだ。」

「確かにけっこうだということは心にとめておこう。でも、フェデリーコとステファニアについてもう一度語ってくれないか。私が何を怖がっていると思う？　この二人のならず者は遅かれ早かれ、われわれを裏切るのではないかな？」

「いやいや」と分身は私を安心させようとした、「フェデリーコには、そんな危険は存在しない。彼は私がどれほどステファニアに惚れているかをよく承知しているし、決して私にそんないたずらを働くことはしないだろう。二人はスポーツ・レヴェルでの友情を結んでいるだけなのだ」。

「スポーツ・レヴェルって？　それはどういう意味なんだ？」

「彼らが二人ともラツィオ・ローマの熱烈なファンだということは分かっているし、もし原型たちが協力しようとすれば、いつか日曜日に一緒にスタジアムに出掛けることもできるだろう。われわれはわれわれのスタジアムに、あんたはあんたのスタジアムに。彼らはすでに私にそういう提案をしたことがあるが、私はまだ躊躇しているんだ。私はずっとナポリのファンだったからね。」

「それなら、クラブを変更したまえ。すぐにラツィオのファンになればよい。そうすれば、あんたはステファニアをいっそう強くあんたに結びつけることができるよ。」

「それはまっぴらだ！」と分身は抗議した。まるで私が彼にそんなことを提案できたとでもいうかのように、立腹して。「人生では何でも変更できる——妻、愛人、住居、政党は。でも、サッカー・クラブは？　全然。サッカーはおそらく裏切りに無縁な、唯一の人間の情念だろう。われわれのサッカー・チームは負けるかもしれないし、セリエBに、ときにはセリエCにさえ落ち込むかもしれないが、でも真のファンは悪魔でもどこでもチームに忠誠を保つであろうよ」。

「誰に向かってそんなことを言っているんだ!?」と私はため息をついた。「私は一九三八年以来、ナポリのファンなのだ。当時、親父は初めて私をスタジアムに連れて行ったんだ。今でも覚えているが、われわれはアンブロシアーナと試合し、1対0で勝利したんだ」。

「アンブロシアーナだと？　そんなチームは全然知らないな。」

「当時インテル・ミラノはそう呼ばれていたんだ。とにかく私はまだ小僧で、十歳そこそこだったのだが、当時からナポリのスポーツウエアの青色は私の心の中にしっかり根を下ろしたんだ。私はフォーメーションも覚えている——センチメンティ、フェノーリオ、カステッロ、プラート、リッカルディ、トリコリ、ミアン、ビアージ、ロッコ、ブスカーリア、ヴェンディットーをね。ヴェンディットーが最後の一分にシュートしてゴールに入れたんだ。その日から、毎日曜日に私はナポリの結果次第で、苦しんだり、喜んだりしてきたんだ。あいにく、今になって追考してみるに、私は喜んだよりもはるかに多く苦しんだことを認めざるを得ない。もちろん、マラドーナが活躍した数年を除いての話だ。チームが遠征試合をやるときには、われわれナポリのファンたちはラジオとかTVでチームが負けなかったことを知るまでは、安心できなかった。日曜日の午後、街路で知人に出会うと、すぐさま尋ね合ったものだった——『ナポリはどうなったか、知っているかい？』（Sapete c'a fatto 'o Napule?）」

「では、私に関して言うと」と分身が説明した、『ステファニアを満足させるために、すこしばかりラツィオのファンになってもよい。もちろん、それがナポリと試合する場合は除く。ところで、もうすぐTVでナポリ対アタランタ・ベルガモの放映がある。私はおさらばするよ、さもないと見逃すからね』。

13　過ぎ去る時間の音

私の秘密の部屋では時間は経過しなかったし、私の知る限り、外部でもそうだった。とはいえ、私には時間が経過することを感じてはいたのだった。それは物音を知覚するようなものだった。数秒間考えないで、息を止めるだけで、それははっきりと聞き取れることがよくあったのだ。それはとぎれることのない、にぶい、単調な音だったし、あまりにも単調だったから、私を除きこの世の誰もそれは聞こえなかったかも知れない。今私が狭いベッドの上に横たわっているとき、一分では老いないということ、私の口ひげが伸びず、私の皮膚がいつも同じままだということ、このことは私の頭の中で過ぎる時間の物音を感知しないことを意味しない。彼、つまり時間は、次のようなものだ。つまりそれは聞かれないために、爪先で歩くのに慣れているのだ。それでも私は時間と語りたいと思った。それで、時間に止まるように、むしろ引き返すように頼みたかった。「親愛なる時間よ、あんたはおよそ五十億年もこの同じ方向に進んできたんだ。なぜ立ちどまらないのかい？　なぜ腰掛けないのかい？　ちょっと休息しようとは思わないのかい？　われわれ共通の過去の中には、ひょっとしてあんたに特別に気に入ったようなエピソードだってあるかも知れない。それをもう一度体験するために、どうしてそれに一緒に遡ることをしないのかい？　たとえば、一九四〇年代のまだ戦時中で、ナポリには僅かな自動車しかなく、あまりに少なかったので指先で数えられたような、あの時代に戻ることだってできるだろうに」。

私見によれば、時間は思考と密着している。つまり、時間を考えることが少ないほど、それは音もなく過ぎ去ってゆくのだ。一九四七年、私が高校卒業資格試験の準備をしており、しかも日夜あの美女ジュリアーナのことを思っていたときの自分と、今の自分とが別人なのも偶然ではない。彼女は黒髪、黒いまつげ、黒い目と紅い口をしていたのだが、ルージュを塗らない、自然な、強烈な紅色をしていたから、それを眺めると、キスしたくならずにはおれなかった。今現在と同じように私が当時も思っていたのだとしたら、私はあまり勉強しなかっただろうし、あまり良い成績は収めなかっただろうし、不忠実にも彼女が私を捨てて一メートル九〇センチもの身長の馬鹿者と一緒に立ち去った日に、犬みたいに悩みもせずにすんだであろう。ああ、ジュリアーナ、ジュリアーナよ！　当時私がどんな間違いをしでかしたのか、言っておくれ。私にはどうしても分からないのだ。私の手元には、あんたがくれた一枚の赤いメモ用紙しか残ってはいない。それには「すみません、今晩わたしたちの会う約束には行けないわ。わたしは別の男の人が好きになったの。さようなら」と書き込みがあった。

二十歳になると、誰でも不死であることを確信する。おそらくそれだからこそ、若者たちは土曜日の夕方の大量虐殺にもびくつかないのだろう。この大騒ぎのために、イタリアでは毎年、エクスタシーのせいであれ、スピード違反のせいであれ、午前三時から五時にかけて、何千人もの若者たちが生命を失っているのである。「そんなことは他人にしか起こらないだろう」とどの若者も考えており、アクセルのペダルをますます強く踏むのである。

逆に老人はまったく違っている。年を取るにつれてより用心深くなる。八十歳を超えると、少なくとも日に三回は自らの死を考える。そしてそうこうするうちに、彼の時計は、金持ちならローレックス、貧しければプラスチック製であろうとも、断固として回転を続ける。老人は周囲を見回して、毎年少なくとも一人の友人がもはや呼びかけに応じないことに気づく。写真帖を繙き、白黒のフィルムを見、考えざるを得ない──「この者はもう居ない、こちらの者も」と。

人生の根本問題は二つある。私は〝以前は〟どこに居り、〝以後は〟どこへ行くのか？　引用符はこれら二つの語〝以前は〟と〝以後は〟が時間と関係していることを示している。これらを理解するということは、人生が何かを理解することである。天国を、聖女マリーア・ゴレッティ〔マリエッタ（一八九〇-一九〇二）のこと。アレッサンドロなる十六歳の若者に抵抗し、刺されて殺された。一九五〇年、ピウス十二世による彼女の列聖式には、死の直前に彼女が許していたこの犯人も出席した。そして、一九二九年の予定より早い出所後に、彼はカプチン会の修道士になった〕のような敬虔な魂と話すために、人が永遠に座っている庭のように想像すると、私はぞっとする。そうなると、私は地獄に落ちた連中が私に語ってくれるであろう魅力的な話のためだけでも、私はむしろ地獄のほうを選びたいところだ。けれども冗談は別にして、あの世でもはたして時間が存在するのかどうかを理解するのは、根本的な事柄だ。もしも存在しないとしたら、まさに素晴らしい幻滅となろう！

今日の分身はやって来なかった。おそらくそのせいか、私もあれこれ思い悩まされた。彼が望みさえすれば、平行の世界のあらゆるところをステファニアと手に手を取って散歩できるのだ、と考えると、私は彼が嫉ましくなるのだった。彼は私の模倣をせざるを得ないから、勝手なことはできない、と言ったのだが、私にはこれは駄弁なのだ。分身は好き勝手なことを行っているのであり、最悪なことに、彼に振りかかっていることは、もう私の分身ではあり得ないということだ。勝手にしろ！　彼にしても、七十歳を超えた紳士を模倣することはもうできないのだろう。私が彼だったら、〝重要人物〟に尋ねたい第一のことは、高校三年の生徒の分身になることであろう。さらに当時ジュリアーナのような美少女たちがいて、したがってまた、当時私がそうだったような求愛者たちが居ることをお願いするであろう。

自分の生涯を自由に選んで再体験できるとなれば、それは私にとってまさに天国となろう！

「好きな年を選びなさい」と聖ペテロが私に言うであろう、「そうすれば、ほかのすべてのことはわれわれがやって上げよう。でも、選択する前によく考えなさい。後で変更はできないのだから」。

「猊下、ご助言ありがとうございます。でも、私はもう熟考するには及びません。私は高校三年だった一九四七年を取ります。彼女ジュリアーナは一年C組に居り、十六歳でした。私はいつも彼女を出口で待っていましたし、その後は手に手を取って、ヴィーア・スカルラッティの伸びている所まで散歩したものです。」

「ヴィーア・スカルラッティの伸びている所まで？」

「はい。ヴォーメロの。今日では、二列の果てしない邸宅が建てられています。ところが、当時はまだ原っぱでした。もの好きな視線を避けるための片隅、草むらを見つけるだけで、草の下に隠れることができたのです。農家の犬だけが唯一の危険でした。」

「じゃ、一九四七年以前に戻れたら、あなたはどうするの？」と天国の門番が私に尋ねた。

「別に悪いことはありません。ご心配なく。もっとも白状しますと、少しばかりセックスをするのは楽しいかも知れませんが、それも当時私がやらなかったことの償いをするために過ぎないのです。当時はセックスは厳禁でした。どの少女も結婚前にはそんなことをしなかったものです。私が思い出す限り、われわれはキス以上のことは決してやりませんでした。でも、われわれがそうしたとしても、私の感覚では、決して大罪ではなかったでしょう。猊下、あなた様にはお分かりになれないでしょうが、心臓が太鼓みたいに激しく胸を打つときには、良心は無垢なままなのです。私は彼女の目を見つめるだけでよかったのです。そして、完全に有頂天になったのです。『おお、愛しいジュリアーナ、どうしてきみは私を見棄てたのかい？』と私は或る日彼女に訊きました。すると、彼女はあまり考えることもなく、答えました、『初めはわたしを笑わせてくれたのに、いつからかもうわたしを笑わせてくれなくなったからよ』。そう、彼女の言うとおりだったことは知っているのですが、でも人は心底惚れ込むと、どうしてだかは分かりませんが、もう笑わせることが脳裡に浮かばなくなるのです。ロメーオ〔もちろん、ジュリエッタの恋人のことである〕が大笑いするのを、私は見たためしがありません。」

14 幻滅

私の年齢になると、通りで或る女性を呼び止めるのはもうそれほど簡単ではない。「お嬢さん《シニョリーナ》、ご一緒させていただけませんか？」と言うだけでは十分でない。いや、それは駄目であって、紹介してくれる第三者が少なくとも一人は必要なのだ。要するに、私の場合だと、ステファニアと少なくとも一回話せるためにはヴィーア・コンドッティのブチックに入り、ショーウィンドウの中に展示された商品のいくつかについて値段を彼女に尋ねるほかはなかったのである。だから、私は全然気に入らなかったプルオーヴァーを購入する破目になってしまった。にもかかわらず、私は「あなたのお名前は？」「どちらにお住まいで？」とか、「どれぐらいこの店で働いているの？」と彼女に尋ねるだけの勇気は見いだせなかった。たしかに、彼女は私のことを再認してくれたし、それどころか、私に微笑したり、私が誰かを知っていることには気づいたのだが、それでも、店の中に入っただけの一人の客という型どおりの役割以上に、私は踏み出すことはできなかったのである。

それから、偶然または何なら運命が、あるいはその両者ともが、仲介役を引き受けてくれたのだった。そう、そのとおりなのだ。前者を信じる者、後者を信じる者、そして、両者が同一だと確信する者が存在するのだ。ギリシャ人はそれを必然（ἀνάγκη）と呼んでいた。でも、私が四月十四日金曜日の十四時四十五分きっかりに、ナポリ行きのユーロスターに乗り、ちょうど彼女ステファニアの横の座席に座ることになったということは、偶然ないし運命を一緒にしたよりも信じ難い符合だったのだ。これは天上の誰かが、ステファニアと私が無理やり識り合わざるを得ないように決定したかのようなことだった。

切符と旅行代理店モンディアル・トラヴェルの座席予約票（ワゴン3、ナンバー52）を手にして私は通路を前進していて、私の右手のナンバー51が、まさしく私の夢の女性によって占められていることを発見したのだ。

ステファニアは私に微笑し、私も微笑を返さざるを得なかった。

「やあ、こんにちは」と私。

「こんにちは」と彼女が返事した。

「ご機嫌いかがです？」

「良好よ。」

「どちらへ？　ナポリですか？」と、私はこのユーロスターがナポリ直通なのを知らないかのように尋ねた。

「ええ」とステファニアは答え、少ししてから、私に訊き返した、「あなたもナポリへ？」

「ええ、私も」と言いながら、私は着席した。

要するに、およそ想像しうる限りこれ以上ないほど平凡な会話だった。それから、彼女が最初に話題を切りだした。

「私の間違いかも知れませんが、あなたはスペイン広場のあたりにお住まいでは？」

「いいえ、違います」と私は答えた、「ヴィーア・トール・デ・コンティの皇帝広場《フォーリ・インペリアーク》の近くです。でも、都心にはよくやって来て、そこを散歩します」。

「ええ、私はヴィーア・コンドッティでよくあなたを目にしております」と彼女は言った。「いつか私の店に入って来られて、ズボンの値段をお訊きになりましたね」。

「ええ。ヴィロードのズボンの。」

「でも、それをお買いにはならなかった。」

「はい。でも先週、私はカシミヤのプルオーヴァーをあなたのところで買いました。」

「そう、よく覚えています。私はチーフと話して、値引きさせたのです。私はあなたが馴染みの客だとチーフに伝えたのです。」

「いいえ、いいえ、あなたは《馴染みの客》ではなく、《臆病なおじいちゃん》とおっしゃった。」

「そんなことを言ったのは、私の同僚のラウレッタです。私どもの店では、どの客にもあだ名をつけているのです。口ひげを蓄えた人は《族長《シエリフ》》、二メートルの背丈があり蠟燭みたいに痩せている人は《干鱈《ストツカフイツリ》》、いつも黒服を着ている人は《墓掘り人《ベツカモルト》》と呼んでいるのです。」

「してみると、私はまだましなほうだったんですね。」

私たちは長らく話し合っていて、フォルミア〔古代ローマの別荘地で、その遺跡が現存する。海水浴場になっている〕沖を通過中にはもう《きみ（あんた）》の呼称に移行していた。こうして私は若干の面白い情報を手に入れた。ステファニアは先週ナポリの一人のおじから、かなりの金額を遺産として引き継ぎナポリのヴィーア・スカルラッティで、やはり呉服（といっても今度は婦人服）の店を自分で開くことにしたというのだ。だがより重要なことは、私たちがすっかり友人になったということだった。私は自分の分身や時間のない秘密の部屋のことを彼女に語りそうになったのだが、ありがたいことに、この件は別の折に延ばすことに決めたのだ。こんな状況で話したとしたら、初めて出会ったばかりなのだから、私をきっと気狂いと見なしたことであろう。とにかく、私は彼女のローマの電話番号も、彼女の携帯の番号も教えてもらった。できれば、すぐに再会したいと思っている。ナポリ駅に到着して、私たちはタクシーを拾い、彼女の故人のおじの家にまで彼女を送り、別れ際に来週月曜日の一時半きっかりに、ローマのヴィーア・デッラ・メルチェーデの広場で会う約束をしたのである。

私は分身にこの出会いのことを語ったのだが、彼はもちろんすべてのことを知っていたし、言うまでもないが、地に足がつかない状態だった。彼にとって、それは私たち（彼女と私）の人生の最重要な出来事になるものだったのだ。つまり、彼によると、私たちの未来を激変させるかも知れぬ出来事になるものだったのだ。彼は私たちが秋に、もしくは遅くともクリスマスには結婚するようになること、そして、彼はもちろんあくまでも見えないままだが、その証人の役を引き受けることにしたい、とすでに決めていたのである。

「もうだいじょうぶだ！」と彼は私に言った。まるで私がそれを見たこともないかのように興奮していた。「今度は彼女を夕食に招待するだけでよい。その後で彼女をあんたの家に連れて行きなさい。でも、そういう状況でどう振る舞うべきかを、私はあんたに言うべきではない」。

「ゆっくり、ゆっくりと。決して焦ってはいけないんだ」と私が答えた。「私がこういうことをどう考えるかは、あんたも知ってのとおりだ。ステファニアは私にとっていつもヴァーチャルなイメージ、夢、投影だったんだ。彼女と本当に識り合うことは、危険なことになりかねない」。

「どういう意味かい?」

「私が彼女について想像してきたような、素晴らしい理想像とは、彼女は符合しないだろうという意味さ。」

「でも断じてそんなことはない。私はあんたよりもよく彼女のことを知っているし、彼女がいかにあんたの気に入るようになるかということも知っているんだ。」

「いや、いいかい。彼女のことをあんたは知らないんだ。あんたが知っているのは、彼女の分身なんだよ。」

ヴィーア・デッラ・メルチェーデのピザ屋で食事中に、ステファニアは誕生から今日に至るまでの、彼女の全生涯を私に語った。彼女は四年間サルヴァトーレ・カステッリーノ（メネラオス）なる者と結婚していたが、その後性格不一致のために離別した。カステッリーノは卑劣な、粗暴な男だった。私は彼が高速道路で犬みたいに彼女を遺棄した話をすでに知っていたことを彼女に言わなかったのだが、しかし彼女は私が分身から彼女について聞いていたのとぴたり一致した場景を私に繰り返し述べたのだった。もちろん、平行の世界では人びとはわれわれよりもはるかによく情報を与えられているのである。

それから、私たちは列車で再び出会ったが、今度は一緒に示し合わせておいたからだ。彼女は公証人のところで遺産の手続きを仕上げるために、私は娘の誕生日のために、ナポリへ行かなくてはならなかったのだ。そして今、ピザ屋で食事を取ってから、ローマからナポリへの列車の第二の旅行中に、私はすべてのこと、つまり、分身たちや彼らが生きている平行の世界のことを彼女に語ったのである。するど、彼女は私がまるで笑い話でも語ったかのように、吹きだした。でも、これは私が予見していたことだった。他方、フェデリーコも私を信じていなかったし、告白すると、ときどき私も自分に起きたことを信じ難かったのである。

だが、第一の問題はスペルロンガで持ち上がった。私はこんな約束を分身にしておいたのだ。このスペルロンガへの周知の遠足に関して調査が行われる場合には、分身から守るために、ステファニア本人をスペルロンガへ連れ出す、と。私たちは車で出かけ、こうして話すのに必要なあらゆる時間を手中に収めたのだ。太陽は晴天に輝いていたし、すべてが快適なあてどない旅になることを予期させていた。

「あんたは分身たちの話を頭から信じようとはしなかったね」と私は彼女に言った。「でも、あんたのことは理解できるよ。ある種のことは小説の中でしか生じないと思われているからね」。

「どんな小説の中で?」と彼女は訊いた。

「うん、私の心に思い浮かぶ第一のものは、もちろん、ドストエフスキーの『分身』(一八四六)だ……。」

「ストトの誰?」

「ドストエフスキー……ロシアの作家……『罪と罰』の……。」

「聞いたことがありませんわ。」


この返事には私は唖然となった! 彼女が『分身』を読んでいないということはそれほどひどくないが、彼女がドストエフスキーのことを聞いたこともないということは、私には信じ難いように思えたのだ。彼女が熱心な読者でないことは認めるにしても、ドストエフスキーのレヴェルの作家を知らないのは許されまい。たぶん、私が職業作家だとは知らなかったであろう。彼女が私を知ったか、見たかした、と私に言った唯一のものは、私がテレヴィジョンで行ったスポットCMだった。そこで、私は彼女に愛読書は何かを尋ねてみた。

「さあ、どう言ったらよいか知ら?」と答えるのだった、「新聞は退屈だわ。いつも政治とか災害のことしか語っていないし。私が一昨日まで働いていた店の女主人アマーリア夫人は、毎月『ヴォーグ・ウォモ』(*Vogue uomo*)を購入していたわ。ところがいつからか、彼女はもう購入しないことに決めたの。彼女が言うには、写真はいつも同じだし、同じフランスの色男がぴっちり着こなしているのを繰り返し眺めるためにお金を捨てるにも及ばない、とのことだったわ。わたしは逆に、懇意の美容師フェッルッチョのところへ行くときに、いつも『ノヴェッラ二〇〇〇』(*Novella 2000*)や『エヴァ三〇〇〇』(*Eva 3000*)に目を走らせて、世の中の出来事について少しばかり情報を得ることにしているわ。」

「じゃ、政治には全然関心がないの?」

「じゃ、誰に関心があるというの? わたしが知っている者で、政治に関心を抱くような人は誰もいないわ。わたしに言わせれば、政治家はみな泥棒よ。彼らは全員投獄されるべきよ!」

「あのね、何年も前、本当にはるか前のことだが、私はエンリーコ・デ・ニコラを、今あんたを見ているように、間近から見て、おまけに彼に話しかけたことがあるんだ。」

「エンリーコって、誰?」

「デ・ニコラ。イタリア共和国の大統領だよ。」

「で、どこで会ったの?」

「ナポリの、税務署で。一九五〇年代の初頭のことだった。私が窓口の前の列に並んでいると、信じ難いことに、私の後ろにイタリア共和国大統領エンリーコ・デ・ニコラ本人が並んだんだ! 税務署員たちは彼に気づくや否や、みんなが駆けつけて、管理部にいらしてくださいと頼んだ。ところが、彼は頑として拒否したのだ。『私は普通の納税者としてここにやって来たんだから、列に並びたい』。そこで、私は自分の場所を彼に申し出たのだが、彼は頭を横に振ったのだ。『いやけっこうです』と彼は言ったんだ、『私はあなたの後に着いたのですから』と。すると、課長が窓口の係員たち全員に、できるだけ早くやり終えるように命じた。それで十分以内に、われわれ全員は立ち去ることになったんだ。これがデ・ニコラだったんだ！」

「わたしには理解できないわ。」

「なにが？」

「だって、彼があなたの後ろに並んだことよ。あなたのいうとおり、彼が本当に共和国大統領だったのなら、彼は並ばないですむ権利があったはずよ。そうでなければ、大統領になる人が居るでしょうか？」

「並ばないですむためにかい？」


だが、彼女は笑わなかった。言い換えると、彼女は読書をしないばかりか、ユーモアをも欠いていたのだ。それほどひどくはない、と私はまたも独り言を言った。彼女はそれでも素敵な女性であることに変わりはなかったのだ。それに、どうやら美女というものはアイロニーのセンスを欠いているのが定則らしい。でも、彼女が『ノヴェッラ二〇〇〇』と『エヴァ三〇〇〇』しか読まないということは、私に安らぎを与えはしなかったのである。


「あんたは生涯を通して、一冊の小説を初めから終わりまで読んだことがないのかい？」と私は彼女に尋ねた。

「一度はやってみたわ。それはスザンナ・タマーロのもの……なんて言ったか知ら？……そうそう、『心のおもむくままに』（*Va' dove ti porta il cuore*, 1994）〔泉典子訳（草思社、一九九五）がある〕だった。タイトルがたいそう気に入ったの。でも、それから十、二十ページを読んでから、私は行き詰まってしまったわ。読書をするのは、告白するけれど、私にはとても骨が折れるの。映画を観るほうがはるかにましだわ。そのほうが手っ取り早いし、楽しみも多い。あなたはよく映画館に行くの？」

「いや、そんなには」と私は答えた、「でも良い映画を見逃したことはないよ。昨日もテレヴィジョンで、ずいぶん古い映画、マリオ・モニチェリの『戦争・はだかの兵隊』をもう一度観直したところだ。本当に傑作だった！」

「マリオって、誰？」

この時点で、ステファニアと私との間には埋められぬ深淵、趣味、書物、映画、興味、体験に関する深淵、つまり一言で言えば、教養の深淵が横たわっていることが明らかになった。よく考えてみれば、彼女はからっきし何も知らなかったのだ。彼女はフェリーニやアントニオーニが誰かも知らなかった。彼女には、ヴィットーリオ・デ・シーカは、クリスチャン・デ・シーカの父親だったし、レオナルド・ダ・ヴィンチは空港だったのだ。フェデリーコが「暑い夜だったら、外出するほうがよい。しかも女性と一生を、そんな具合に過ごすのは夢の中でもご免こうむりたい」と言ったとき、おそらく彼は正しかったのかも知れない。私たちがそれからスペルロンガの砂浜へ散歩へ出かけ、彼女がトップレスなのを見たとき、いささか後悔の念を抱いたことを告白したい。とはいえ、私を引き返させるほどではなかったのだが。まだ四月だったし、この年に女性が半ばヌードなのを見たのは、これが初めてだったのだ。彼女は日光浴するためにビキニを着用してきた――少なくとも彼女はそう言っていたのだ――が、明らかに彼女は海水浴をするつもりは少しもなかったのである。たしかに、私も彼女をしっかりと抱擁したかったことは認めるし、ひょっとして、ギリシャの抒情詩人アルキロコスの名句、「おお、ネオブレ、ネオブレ、お前に触れて、お前の身体とわが身体を合わせたいなあ」を私も吟じたいところだったかも知れない。だが不幸にも、私はこういう類いのいかなるイニシアチヴも控えたのだった。

だから、私たちはデッキチェアの上に互いに並んで腰かけた。彼女はトップレス、私はネクタイを締め上着を着用したままで。もちろん、着衣の点でも、年齢の点でも、会話の点でも、私たち二人はしっくりいってはいなかった。

ローマへ戻る途中、私はいくどとなく時計を見つめた。独りになるために、彼女を家に送る時間はどうしても見いだせなかった。私は高速道路の非常レーンに彼女を遺棄したメネラオスのことをも考えねばならなかった。私もそんなことをするためでは断じてなくて、ただ自分で自分に言い聞かせるために過ぎなかった――「もうだめだ。逆戻りはできない!」と。それに、翌月ナポリへ引越すのも悪くはなかったのである。

でも今、私は分身にどう報告したものか?

15　内と外

「そんなはずはない！」と分身は声を張り上げて抗議した。「ステファニアはまったく違う。彼女は私がこれまで知り合ったうちでもっとも素晴らしい女性だ。ステファニアは美人で、善良で、敏感で、聡明で……。」

「……それに無知だ」と私が付け加えた。

「あんたらインテリはみな、実に無慈悲な連中だ。ある哀れな女性がショーペンハウァーを一ページから最終ページまで読んでいないというだけで、彼女はあんたらには精神障害者に見えるんだよ。」

「いや、そんなことはない。でも彼女がショパンをショーペンハウァーと混同すると、私は疑念を抱き始めるんだ。ねえ、親愛なる分身君、男と女が一緒に居るときには、日長一日、朝から晩まで同衾するわけにもいくまい。遅かれ早かれ、中止せざるを得ないであろう。そして、何も話し合うことがない、全然ないとしたら、どうやって時間を過ごせばいいのかい？　私はステファニアと会話をしようと試みた。でも、それはイオネスコの芝居で火星の女性と話すときの一場面みたいだった。私の好きなすべてのことは、彼女には無意味だったし、その逆も真だったのだ。」

「しかも、彼女を教育し、つくり変え、読むべき本を推薦し、美術館や教会に連れて行き、カラヴァッジョ、ミケランジェロの絵を見せてやり、……要するに、彼女をあんたのイメージに造形することは、あんたの気に入らないんだろう?」

「もちろん、気に入るだろうよ。私は小学校の教師になるのは世の中でもっとも素晴らしい職業の一つだといつも考えてきたんだ。でもそのためには、他面、初めて通学する幼児の好奇心のような、実り多い基盤を見いださねばなるまい。ところがステファニアにあっては、それは暗澹としたものだったんだ。私はそこに砂、砂、さらにまた砂しか見つからなかったんだ。」

「そんなことは信じられん!」と分身は答えながら、がっかりして頭を横に振った。「私にはステファニアは理想的なパートナーだ。昨晩もストア派とエピクロス派について話し合ったし、私はあんたが数日前に私に教えてくれたことをすべて、そっくりそのまま彼女に語ったんだ」。

「で、反応は?」

「たいそう老練だった。彼女は多読しており、彼女が数年前、雑誌『イル・ピアチェーレ』(*Il piacere*)で読んだことのある記事について、私に報告したんだ。ちなみに、それはあんた本人の書いたものだった。覚えているかい?」

「たしかに覚えているよ。それが載ったとき、私はひどく立腹したからね。」

「どうして立腹したの?」

「編集員がそれに付した表題のせいで。私が書いたのは、しっかりした裏づけのある、原稿四ページ分の僅かな記事だった。私はストア派の幸福観をエピクロス派のそれと区別しておいた。前者としてはエピクテトスとセネカを、後者としてはホラティウスとルクレティウスを挙げておいた。それから、エピクロスのメノイケウス宛の手紙から取った、素晴らしい文章で記事を閉じておいたんだ。それはこういうものだった――『肉体は叫ぶ、飢えに苦しみたくない、と。肉体は叫ぶ、渇きに苦しみたくない、と。肉体は叫ぶ、寒さに苦しみたくない……と。』〔エピクロスの手紙に、これらの文言は見当たらない。（訳者）〕

「それで?」

「それで、彼らはこの記事にどんな表題を付したと思う? 『手にした者は手にしたし、施した者は施した。われらは結局ナポリに居るんだ』（Chi ha avuto ha avuto, chi ha dato ha dato, simme 'e Napule paisa'）だったんだ。」

「要するに、いつもどおりだったんだ。あんたを初めにはめ込んだ仕切りから、世人は相変わらずあんたを判断しているんだ。でも、あんたはステファニアのことで同じ誤りを犯してはいけないよ。あんたは一度だけトップレスの彼女を見て、彼女の〝外〟に条件づけられたのだが、あんたが思いを致すべきだったのは本当は彼女の〝内〟なのだ。」

「ただし、ここでの問題はステファニアの〝内〟が〝外〟よりも良いか悪いかということではなくて、彼女がそういう〝内〟をはたして持っているかどうかということなのだ。フェデリーコは私に忠告してくれていたし、それに耳を貸さなかったのは私の欠陥だったんだ。私にはアドリアーナのほうが千倍も好ましかったものだからね。彼女は少なくともスーパーウーマンのような振りはしなかった。彼女は私の家にやって来て、なすべきことを片づけ、しかも家まで彼女を送るよう要求することもなく、自分のミニバイクで帰って行ったんだ。」

「でも、彼女のためにヴァイオリンで小夜曲《セレナータ》を演奏しようとはしなかったのかい?」

「私が？　ヴァイオリンで？　私はヴァイオリンは弾けないよ。」

「それは分かっている。それはまた私にとっての問題でもあるんだ。私はヴァイオリンを弾きたいんだけど、あんたがやったことがないものだから、やれないんだ。ところで、覚えているかい、われわれが少年だった頃、ルイージおじさんがクリスマスにヴァイオリンを贈ってくれたことを。おじさんはわれわれが弾き方を習うことを望んでいたのだろう。ところが、あんたはそのクリスマスの晩にそれを壊してしまったんだ。私は何とかして一曲でも弾けるようになるまで、試みたし、苦労したのだったが。もちろん、私はパガニーニじゃないけれど、ちょっとしたメロディーぐらいは弾けたんだ。ところで、あんたも気づいていたと思うけど、私はこの部屋に現われるたびに、いつもヴァイオリンの音で合図してきたんだよ。」

「もちろん、気づいていたよ。私はいつもこのヴァイオリニストは誰なのかと自問してきたんだ。」

「私だったんだよ。それだけではない。私はヴァイオリンの音が幸運をもたらすと確信しているんだ。だから、一曲演奏することに決めたんだ。あんたが生涯で何か重大なことをしなければならぬようなときには、それを弾いてみたまえ。そうすれば、それが成功するのが分かるだろうよ。」

こう言いながら、彼は包装紙に包まれた小包みを開いた。そして、そこから一竿のヴァイオリンと一本の弓とを取り出した。両方とも小っぽけなものだった。

「もうなくしたはずじゃないの？」

「いや、私はルイージおじさんが贈ってくれたあの元のヴァイオリンを持っているんだ。これは本物のヴァイオリンだよ。小さいけど、本物だ。これは玩具だ。昨晩、楽器店で盗んだのだ。あんたはこの部屋の外へでも、どこなりと持ち出せるよ。それがさっと消え失せるというような危険はない。」

こう言ってから、彼はそのヴァイオリンをベッドにもたせかけて、姿を消したのだった。

16　偉大な四人

ある夕方、四人連れが私の傍に現われた。全員私にそっくりの服を着用し、全員ひげがなく、全員が低い椅子に腰かけた。今回は一竿以上のヴァイオリンが響いた。明らかに分身が指揮をしていた。

「どうもあんたは誇張しているな」と私が最初にコメントした。

「いやどうも。同僚たちをあんたに紹介しないわけにはいくまい」と分身が答えた。「右手から、あんたのさらなる分身たちだ。すなわち、〝無意識の私〟、〝抑圧された私〟、〝潜在的な私〟だ。みんなあんたの性格の側面を代表しているんだ。」

「私にそれほど複雑な性格があるとは想像してもいなかったよ。」

「いや、あんたは地上の他のすべての人間と同じように、そういう性格をしているよ。だから、あんたの心にも、無意識、抑圧されたもの、潜在的なもの……が存在している。でも私が今確言したように、あんたのフロイトの知識は大したものではないな。」

「うん、私は告白しなくちゃならんが、フロイトは私の気に入ったためしがない。『日常生活の精神病理学のために』(*Zur Psychopathologie des Alltagslebens*) を読んで以来、私はユングにはっきりと肩入れしてきた。でも、あんたはいったい何をもくろんでいるんだい？　あんたにはそんなことを超えてとっくに羞恥であるはずの出来事を探究するために、あんたがまるで死刑執行命令を伝えたみたいに見える。でも、お願いだから、それが必然だとしても……、これらの紳士が然るべき質問を私に提起してもらいたいものだ。そうしたら、私は彼らに回答するように努めよう。」

四人は低い声で互いに少しばかりひそひそ話をした。おそらくは、誰が質問を開始すべきかについて合意するためだったのだろう。それから、無意識が立ち上がり、発言した。私に対して人差し指を突き付けながら、検事の口調で私に尋ねた。

「なぜ或る日あんたはひげを伸ばす決心をしたのか？　を言いたまえ。」

「まあ、それは偶然のことだったのです」と私は答えた。「私は友人のヨットで小さな周遊旅行に出掛けて、電気カミソリを忘れたのです。二十日後、私は海の狼みたいになってしまったんです。これが私の気に入ったため、そのままにしておいたのです」。

「そんなことはない」と無意識が私に言い返した、「あんたの内心では毛をセックスと同一視して、あんたは女性たちがもっと気にいるようにひげを伸ばしてきたんだ。でも、ひげは別にして、あんたが興味をもつ女性たちがいつもあんたよりはるかに若いのはどうしてなのかい？」

「全然分かりません。それは偶然なのかも……。」

「いや、決して」と無意識は私に迫った、「それは偶然なぞではない。それはすべてあんたの意識的な決定なんだ。数年来、あんたはもう四十歳を超えた女性と情事を持ったことがないではないか！」

「たしかに、あなたの言うとおりです」と私は我慢できる限り辛抱して答えた。「普通、私はより若い女性たちに求愛しています。でも彼女たちは数週間もすると、私を見捨ててしまいます。それに反して、より年長の女性たちは少しずつ恋愛関係に入り始めると、それを生涯前進させようとします。でも、これは私の自由への欲求と相容れないことになるでしょう。」

「ばかな!」と無意識がかっとなって言い返した。「あんたなんかに騙されないよ。あんたはあんたよりも若い人とつるむとき、若返ったと思っている。しかも私はあんたの書いた本の中でそのことを読んだのだぞ。いまはもうどの本だったか覚えていないが、とにかくあんたはこういう慣行を日本の一宗派に帰していた。けれども、実はあんたは過ぎ去る時間が怖くて仕方がなく、そして青春を生、老年を死と同一視してきたんだよ。死神(Θάνατος)と愛の神(Ἔρως)があんたの行動を律しているんだ」。

「私には分かりません。でも私の印象では、美と青春とは切り離されません。新聞雑誌のキオスクで表紙のモデルたちを眺めてみると、三十歳を超えた者は皆無です。ここからして、私の趣味だけが変わっているのではない、との結論を下しているのです……。」

「それもそうだ」と分身は容認して、すぐさまステファニアとの話をまたしても引き合いに出そうとした、「でも、そこにこそあんたの欠陥はあるんだ。つまり、あんたが表紙だけに止まっているということだよ。どうして生涯でせめて一回、内側にあるページをも読もうとしないのかい? そうしたら私の言っていることが正しいと気づくだろう。でも、問題はむしろ、まったく別のことなのだ。それは、あんたは小児愛症ではないが、小児愛的な無意識を有しているし、これはおまけに、意気地なしなんだ。なにしろ、それにはそのことを認めるだけの勇気がないのだからね。」

この言葉に無意識は憤慨した。復讐の女神《フリア》みたいに分身に襲いかかり、正面で叫んだ。

「私がここにやって来たのは、侮辱されるためではないんだぞ！ より若い女性を好むことと、小児愛症的性癖を展開する、つまり、小児たちを巻き込むこととは別なのだ。ここに居る原型がその生涯において、あまり老いていない何らかの女性と同居したとしても、だからと言って、彼を小児愛症と決めつけるわけにはいかないぞ！」

「同感、同感」と分身は認めた。「でも、実はわれわれの原型は身体上の現象をあまりに過大評価し、心理的現象をあまりに過小評価しているのだ。しかも後者は前者と違って、年とともに美しさを増すのだよ」。

私としては、年を重ねるにつれてわれわれはみな内面ではより美しくなることを確信しているにせよ、このテーマは私にはあまりに陳腐に思われたから、それ以上深入りする勇気を見いだせなかったのである。

それから、抑圧された意識が私にいくつかの質問をする順番になった。当初は、これは無意識よりも悪くはないように見えた。けれども、私の間違いだった。それの質問はおよそ、それ以上にいらいらさせるものだったのである。

「あんたの妻のことや、どうしてあんたらが別れたのか、あるいは正確には、どうして彼女があんたを見捨てる破目になったのかを私に話してくれたまえ。かつてはあんたを心底愛していた女性が、突如もうあんたに耐えられなくなったという、かくも恐ろしい事態をここ最近の結婚生活で招来させるに至ったその原因は、いったい何だったのかい？」

「私は答えないでおれる権利を行使します」と反論した。テレヴィジョンで見た、ペリー・メイスンの訴訟のことを思い出していたのだ。

「そんな反応をするだろうことは、分かっていたよ」と抑圧された意識がコメントした。「あんたもよく知ってのとおり、あんたの夫としての過去を話すのは、あんたには好ましいことではない。にもかかわらず、私があんたになり代わって、吐露してあげよう。きっと、とどのつまり、あんたもそのほうがましだと感じるだろうからね。まあ、やってみよう、そうすれば私の言うとおりだということをあんたも認めるだろう……」。

だが、潜在する意識が彼の腕を摑み、こう言うのだった、「親愛なる抑圧されし意識よ、どうやらあんたは人の脳がどう働くのかを正しく理解してはこなかったらしいな！　私とあんたとの間には大きな相違があるし、しかも、私なら何とか苦労してまだ過去を思い出すことができるのに対して、あんたはどんなに欲してもそれは不可能なのだ。あんたには希望はないんだ。だから、あんたの知っていることで満足し、邪魔しないでおくれ！　しかも、ここでの問題はまったく別のことなのだ。たぶんあんたは気づいていないだろうが、われわれの原型に問題を提起したとき、彼は少しも考えないで、即答したし、それだから、こういうあまりに仰々しい質問で彼を苦しめても無益なんだよ」。

「それはそのとおりだ」と抑圧された意識が答えた、「でも原型にしても、かつてジャン・コクトーが言ったように、『鏡でも、少し善意があれば、反映する前に省察するべきだろう！』ということを想起すべきなのかもしれないよ」。

「その〝少しの善意〟にこそ、問題はあるんだ。われわれの原型はそんなことを欲したりはしまい！彼はあんたの許では想起するのを拒んでいるが、私の許では記憶の穴倉の中に思い出をしまい込むだけに止めている。それだから、私は潜在的な意識と呼ばれているんだよ。」

「その名は間違っているよ。私ならむしろあんたを痴呆になった意識と呼びたいところだ。だってときどきあんたは人相、名前、面会の約束、誕生日……といった、たいそう大事なことを忘れるんだからね。」

「うん、それは人の頭はコンピューターのメモリーみたいになっているからなんだ。それが覚えられるのは、一定数のデーターだけであり、満杯になると、古い情報は、受け入れられる新情報のために消え去ることになるのだ。ただし、哀れな潜在的な意識、つまり、この当方は、どの情報が消え去るのかは少しも分からないんだけれども。」

「あんたが私のメモリーから消え去るだけで私には十分なのだが」と抑圧された意識が答えた。「私はあんたを取り除きたいのだが、やり方が分からないんだ！　実は、私はあんたが辛抱できないんだ！私はいつも、あんたが非道くて、意地悪で、傲慢だと思ってきたし、あんたが実は忘れているのではなくて、ただ忘れたふりをしているだけだと思ってきたんだ！」

「反対に、あんたは想起するのが好都合なことしか思い出さないんだ。精神分析のマニアたちを、あんたはおそらく知らない振りをすることもできようが、私に対してはそうはいかないぞ。」

この言葉でもって二人は互いにののしり合い、そして無意識と分身はやっとのことで二人を分けることに成功した。それから、四人ともやはりどなり散らしながらも、出現したときと同じように、ふいに消え失せたのだった。

17　違反で訴えられる

思いがけなく分身が再び姿を現したとき、私はポパーの『開かれた社会とその敵』（*Die offene Gesellschadt und ihre Feinde*, 1945）〔内田昭夫ほか訳（未來社、一九八〇）が出ている。英語版は *The Open Society and its Enemies*, 1945.〕を読んでいた。正確に言うと、私は狭いベッドの上に横たわり、この本を手にしたまま、口を開けて眠っていた。そのとき、ヴァイオリンの音がして、目が覚めたのだった。短いが、たいそうドラマチックなソナチネだった。分身は錯乱しているように見えたし、もっと奇妙なことに、ひげを伸ばしていた。

彼は私のほうにやって来て、長椅子を引っぱりだし、私の傍に腰掛けた。

「どうしたんだい？」と彼に尋ねた。

「私の恐れていたことが起きたんだ。」

「どんなことかい？」

「われわれ三人——私、ステファニア、フェデリーコ——とも、訴訟に巻き込まれたんだ。われわれが昨夕、散歩から戻ったとき、捜査令状の写しが手渡されたんだ。」

「捜査令状だと？　また何のために？」

「性的な目的での絶えざる違反のために。」

「分からないな。誰が訴えられたのかい、またどういう理由で?」

「私はスペルロンガで犯した過ちのせいで、フェデリーコはトラステーヴェレのロモレットの店で夕食したために、そしてステファニアはいろいろよけいな恋愛関係を持ったためだ。」

「よけいな恋愛関係だと? それはどういう意味かい?」

「彼女がステファニア1よりも多くの恋愛関係を持ったという意味だ。もちろん、これらは、彼女がまだ以前の高校生だったときの話なんだ。つまり、青春の過失なのだが。」

「ステファニアが分かったんだな! とうとうあの哀れなメネラオスの奴も、彼女を色情狂と見なして当然だったわけだ!」

「たぶんね。でも、それが問題ではないんだ」と分身はしぶしぶながらも認めた。「当面の問題は自分の身を守ることなんだ。明日、遅くとも明後日、当局者がわれわれを法廷に出頭させて、違反の裁きを受けることになろう。だから、それに備えておかねばなるまい。」

「どうやって?」

「われわれはお互いのために口裏を合わせて証言しなくちゃならない。一例を示そう。私はスペルロンガに行く前に、あんたに、『スペルロンガは素敵なところだから、行かぬわけにはいかない』と言い聞かせ、すると、ステファニアの分身が同じことを言う、つまり彼女もこのことを聞いた、と言う。それから、第二審では、ロモレットでの夕食に関してフェデリーコのために証言することになろう。私は二人の原型がタクシーに乗るのを見、トラステーヴェレへ行くように運転士に言うのを聞いた、と私が証言する。最後に、きっとアドリアーナをも事件に巻き込まざるを得なくなろう。すると彼女は、あんたとステファニア1との間には大恋愛が生じたこと、そのために彼女はひどく苦しんだことを証言してくれるだろう。アドリアーナは私に好意を持っているし、私を失わないためになら、どんなことでも証言する用意があるんだ。」

「私にはひとつ気になることがあるんだが。あんたはその裁判のために、ひげを伸ばしたままにしておくのかい?」

「そうとも」と分身は答えたが、かつてないくらいに気落ちしていた。「みんなからそうするよう勧められたんだ。みんなの意見では、こういう場合には、オリジナルに似れば似るほど、助かる確率が高まるというんだ」。

「ひとつ気になるのだが、あんたが人から信じられないとしたら、どんな危険があるのかい?」

「違反の繰り返しにより、まず失うのは分身としての立場なのだ。そしてこのことは、いいかい、少なくとも私にとっては深刻な打撃になるだろう。今はもうあんたにお世辞を言うつもりはないが、あんたのような人を毎日、世人は受け入れるとは限らないんだ。あんたは作家、重要人物(VIP)、インテリ、尊敬された人物……だ。みんなからというわけではないが、きっと……、でもとにかく評価されている。」

「したがって、私もあんたを失うことを怖れねばならないわけかい?」

「そのとおり。こういう場合には、誰でもあんたの言いなりになりうるだろう。ところで、私は自慢するために言うわけではないが、私はあんたにとってあらゆる期待以上の完璧な分身だったと信じているんだ。私が歓びも苦しみもあんたと共有してきたし、あんたが恋の悩みで泣いていた最悪の時期にさえ、いつもあんたの側に立ってきたんだ……。」

「私としても、正直言って、分身としてのあんたを失うのは苦痛なことになろう。今ではあんたの長短も分かっているし。あんたからの咎めや、あんたのヴァイオリンの音にも慣れてしまった。私の行動にあんたがどう反応するだろうかということをあらかじめ想像することさえ、私はできるんだ。でも、むしろ私に関心があるのは、原型としては私の後では、誰があんたの気に入るのかという点だよ。」

「もちろん頭脳人間であって、腹人間ではない。情緒的なタイプでは、ひどく危ういが、理性的なタイプ、とりわけ、技師たちにあっては、はるかに危険が少ない。残念ながら、われわれにその選択権はないのだが。たいてい原型は籤引きで割り当てられるし、それが脳なしであれ、犯罪者であれ、最悪な場合には女であれ、当選した者を受け入れなくてはならないのだ。このことは私にもっとも腹立たしいんだが。」

「それで、訴訟に戻るとして、あんたはステファニアとフェデリーコのそれぞれの分身とはもう協定したのかい?」

「いや、まだだ」と分身はほとんど聞き取れないほどに声を低くしながら、答えた。「でも今晩それをやろうと思っている。もちろん、平行の世界ではやらないつもりだ。人びとはみな耳をそばだてている〔ナポリ方言で“appizzate”〕し、それからすぐにわれわれは当事者たちに一部始終を打ち明けることになろう。あんたはわれわれの分身たちがどれほど野心があるか、とても想像できまい。彼らはほんの少し昇進するためでも、いかなる破廉恥行為、友人への裏切りだってやらかしかねまい！」

「それなら、あんたはステファニアとフェデリーコのそれぞれの分身を、私のこの部屋の中に招き入れなさい。できれば、アドリアーナのコピーも連れてきたまえ。私は喜んで彼女と識り合いになりたいんだ。ひょっとして、ベッドの中での彼女のほうがオリジナルの彼女よりもましかもしれないよ！」


当初、分身は返事しなかった。そして、このことは私に期待を持たせた。だが、それからしばらく考えた後で、彼は打ち明けた。

「いや、それは駄目だ。でも、私はもっとよいアイデアがある。われわれ分身は会合することにしている別の待ち合わせ場所があるんだ。大概それは謎めいた、薄暗い場所であって、大衆には厳禁なのだ。たとえば、サン・カリストのカタコンベとか、サンタ・アニェーゼのカタコンベといったように。われわれがほとんど固定している待ち合い場所にしてきた、地下のナポリ――デッレ・フォンタネッレの墓地――については言うまでもない。あんたはそこへ行ったことはあるかい？」

「いや、まったく。でも話にはよく聞いている。私の間違いでなければ、ナポリのもっともポピュラーな、サニタ地区の奥にあるはずだ。」

「そのとおり。そのあたりだ」と分身が私に確言した。「デッレ・フォンタネッレの墓地は夕方締められると、無人になる。見えるのは、骸骨と頭蓋骨の山だけだ。当初は気味悪いが、五分、せいぜい十分もすると、慣れてしまう。今では私は他の人びとにそう言って、そこにくるよう頼んでいるんだ」。

「じゃ、私も行ってよろしいか？　おせっかいするつもりはない。ただ遠くからあんたたちを観察するためだけにね。」

またもポーズがあって、それから返事は――「オーケー……それならあんたも来なさい……ただし、姿を見せないようにしてね。そっと眺めてもよいが、それだけだよ。さもないと、私は大目玉を食う破目になるんだ！」

18　地下のナポリ

ナポリには上と下の二つがある。言わば肯定的な、邸宅と教会から成る都と、鏡のような、空白から成る都とがあるのだ。両方とも、街路、小街路、広場、小広場、地下道、泉、雨水溜めがある。ところで、この両方の都がどのようにして出来上がっているのかを理解するには、ナポリが建設されてきた素材を観察するだけで十分だ。それは黄色の凝灰岩なのだ。黄色の凝灰岩とは何か？ 幾世紀にわたって、溶岩、灰、軽石、火山礫《れき》のごた混ぜから形成された、火山の残滓である。専門的に言えば、黄色の凝灰岩は火砕性の岩なのだ。ヴェズーヴィオ火山はここ二千年の間に、それを付近に大量にまき散らしてきた。黄色の凝灰岩の主要特徴は、まるでパルメザンチーズみたいに、簡単に切断されることにある。ほしいだけの煉瓦を、欲するがままの形にして得るためには、小さなのこぎり〔ナポリ方言で smarra. 地表を細工するのに用いられる、柄の長い、幅広くて短い鋼《はがね》の付いたつるはしのこと〕しか要らない。だから、われわれの先祖は住居を建造するには、足の下からこれらの石を採取して、建築材として用いるだけでよかったのである。その結果は？ 簡単に言えば、輸送と素材に関しては無料だったが、安全に関してはかなり高くついたのだ。なにしろ、足下に空洞があり、いつでもそこに呑み込まれかねないと分かっているような家で眠るのは、そう簡単なことではないからだ。

ナポリの洞穴学研究所の技師クレメンテ・エスポジトの言葉によれば、ナポリにはこういう洞穴は優に一万箇所はあるらしい。それらを見たい人には、二つの入口をお勧めする。つまり、スパッカナポリから隔たっていない、サン・ガエターノ広場の隅の入口か、または、クワルティエーリ・スパニョーリのヴィーア・サン・タンナ・ディ・パラッツォの五十二番地にある入口か、の二つである。そこでは、入場券を買うだけでよいし、望めば、専門のガイドもつく。ただし、閉所恐怖症にかかっているすべての人には、訪問をしないよう忠告しておきたい。通路は三十センチメートルの幅しかないし、斜めになって、腹の出ていない人しか通れない。

今次の戦争の間に、私は個人的にこの洞穴の多くを知った。実際、ナポリの老人の大半はこれらを防空壕として用いてきたし、特に私の家族はいくつかのたいそう快適なものをごく近くに持っていた。いわゆる〝カラファ洞穴〟である。それらはモンテ・エキアの下にあり、あまりにも夥しくあったために、サンタ・ルチーア地区の全住民が泊まれるほどだった。われわれ少年にとっては、夜中にそこに入るのは真のお祭りだった。頭上ではアメリカ人の〝空の要塞〟が都の上に爆弾を投下している間に、われわれはこれらの洞穴の中で何と多くのサッカー試合をやったことか。これらの洞穴が西暦紀元前六世紀には、ミトラ神の崇拝に捧げられていた、と私に告げられたのは最近のことに過ぎない。今日では逆に、それらは地下ガレージとして用いられている。時代はこうして移り変わってゆくのだ。

一八三四年、ナポリでコレラの疫病が猖獗《しょうけつ》をきわめたとき、ナポリ人はこれら洞穴の一つ、つまり、

〝デッレ・フォンタネッレ〟を、疫病の犠牲者の死体を納めるために利用した。ほかの洞穴とは違って、デッレ・フォンタネッレの洞穴は歴史的中心の地下にではなく、少し郊外の、サニタ地区の縁にある。この墓地を訪ねたければ、マリーア・サンティッシマ・デル・カルミネ教区教会のある、ヴィーア・フォンタネッレのどん詰まりに行き、教会を通り過ぎ、そして教区司祭が許してくれれば、祭壇の直接裏にある小さな扉から入るだけでよい。

訪問者の目にとまる光景は、この上なく印象的だし、同時に不気味だから、息が止まるほどだ。深く、台形に切り取られた洞穴の中には、七千を超える頭蓋骨がそのほかの付属した骨とともに山積みになっている。脛骨《けいこつ》、脊柱、膝蓋骨《しつがいこつ》の山がみなくっきり分かれた山となって片づけられている。ある日、サニタ地区の夫人たちがこれら骨の山からいくつかの骸骨を寄せ集めて、その前でお祈りしようとした。無論、これらの再構成は解剖学的見地からは必ずしも受け入れられるものではなかった。だがその代わりに、それぞれの骸骨は姓名の付いた美しい標札や、二、三本のいつも燃えている蠟燭の明かりで飾られたのである。言い換えると、故人は養子にされ、煉獄での滞在を短縮するのに必要かも知れぬすべてのお祈りを受けたのだ。一九六〇年代には、私はこういう養子縁組によく立ち会ったものである。敬虔な女性たちはまず、頭蓋骨を光るまで羊毛の布で磨き、それから、故人とともに低い声で独白を始めるのだった。それは祈りと経済問題から成っており、つまり、来週の土曜日にロトで引き当てるべき三つの数と引き換えに、約百回の死者ミサ（Requiem aeternam）を唱えるものだった。逆に付属の骨のない頭蓋骨に関しては、ほかの信心深い女性たちが粘土による、礼拝堂のような形をした小さいショーケースの中に納めるのだった。

デッレ・フォンタネッレの墓地に積まれた骸骨のうちには、ジャコモ・レオパルディのものもあったに違いない。この詩人がナポリで亡くなったのは、埋葬の点では細かなことにこだわらなかった、このコレラ時代のことだったのだ。けれども確かなことは、レオパルディの名を今日でも刻んでいる遺骸が、ピエディグロッタの地下聖堂で見つかったことは決してないということだ。ところで、当時死者がどのように葬られたかを理解するには、どの死者にもそれぞれ一つの墓が割り当てられはしなかったことを知る必要がある。つまり、墓は決して安いわけではなかったし、しかも、聖職者たちと良好な関係を保つことが不可欠だったのである。二百年前まではそもそも墓地は存在しなかったのだ。墓地が生じたのは、一八〇四年のナポレオンに遡るサン＝クルーの勅令以後のことに過ぎない。それまでは、その名に値するような墓を作れたのは、金持ちだけだったのである。だから、一部は金銭上の理由から、一部はスペースの理由から、墓掘り人たち（salmatari）は日中に死者を教会の中に葬りながら、夜間にはそれを袋の中に隠してから、地下の数多くの洞穴の一つに降ろしに行ったのである。話によると、かつて大洪水の後でこれら洞穴の一つからあふれ出た水が、何百という遺骸を白日の下にさらした。その結果、多くのナポリ人は身内の故人が路上に浮かぶのを再見するという不幸を味わった、とのことである。

ナポリでは、ここ二世紀間に、ほとんどどこでも地下墓地が発生した。故人が魂を主に還してきた日に応じて、三百六十五個の洞穴から成る墓地もあったらしい。だが、私の知る限り、この墓地の痕跡は見つかっていない。それに引き換え、デッレ・フォンタネッレの墓地は今日でも、訪ねようとするどの人にも開放されているのである。

墓地は三つの区域に区分されている。中心区域はコレラの死者（伝染病患者 appestate と言われる）、左側の区域は聖職者（ナポリ方言で prievete と言われる）、右側の区域は貧者（pezzentielli と呼ばれる）にそれぞれ当てがわれている。中央身廊の奥には三つの大きな十字架が屹立しており、岩の中に空けられた巨大な穴のせいで、日光を浴びて輝いている。フェリーニの映画みたいなこの眺めは、得も言われぬ感情を生じさせる。嘘だと思うのなら、確かめてごらんなさい。

これらすべての骸骨のうち、二つだけが衣服を着せられていた。マッダローニ公フィリッポ・カラファとその妻マルガリータである。彼女はニョッキを食事中に窒息して亡くなった。公爵夫人の頭蓋骨は依然として口を開けたままであって、さながら斜めになったニョッキを飲み込もうと最後の努力をしたがっているかのようだ。公爵夫妻からほど近いところでは、サン・ヴィンチェンツォの立像が二人のために慈悲を乞うかのように、目を天に向けている。

最後に、この墓地の場景を完成させるために言わずにおれないことがある。それは今日でもカモッラ団が三つの十字架をもつ墓地の祭壇を利用して、彼らの最重要な裁判を催しているということだ。つまり、その裁判では、最小の刑でも死刑が執行されるのだ。判決の言い渡しと執行は直ちに行われるのであり、われわれの裁判所で行われているような、時間の浪費はそこでは一切ない。そして、犯罪行為に関してとなれば、やはり次のことを知っておくべきであろう。つまり、十九世紀には地下の専門家たち（pozzari）は、正真正銘のカモッラ団員たちだったのであり、彼らは上に居る借家人が必要としただけの水に応じて、後者に上納金を強要していたのである。

地下のナポリに関しては夥しい伝説が生まれた。五三六年に、ビザンティンの将軍ベリサリウス〔（五〇〇頃－五六五）。東ローマ帝国の将軍〕がナポリを攻囲し、クラウディウス水道を遮断して、市民たちに降伏を強いた。だが、実際にはいかなる成功も収めなかった。というのも、攻囲された住民たちはそれぞれの洞穴に降りて、欲しいだけの水を見つけることができたからである。また、〝ブルボンのトンネル〟として知られた、八百メートルの長さの地下道の話もある。これはエキア山の下を通り、パラッツォ・レアーレとピアッツァ・ヴィットーリアおよび海とを結びつけていた。これが実現したのは、攻囲の際に、王家の逃げ道を確保するためだった。けれども異説によると、ブルボン家のフェルディナンド二世がピアッツァ・マルティーリに住んでいた愛人とこっそり会えるようにするためだったという。

伝説に関しては最後に、ムナチエッロのそれを忘れるわけにはいかない。これは次章で述べるとしよう。

19　オ・ムナチエッロ

ナポリでは、誰かが何かを、たとえば、目がねとか、家の鍵とか、電話の手帖とかを数秒前まで鼻の先にあったのに、見つからないとき、オ・ムナチエッロの仕業だと思わざるを得ないだろう。この家の小さな精は、人がもっとも必要とする瞬間にその品物を隠して興じるのである。彼が仕事中のところを見た人びとは、それは修道服を着た小人で、頭には気分次第で赤または黒の頭巾〔ナポリの方言では scazzetta〕をかぶっていると言っている。上機嫌のときは赤、腹を立てているときは黒の頭巾を。私の母の話では、ある晩、オーヴンから出したばかりのサルトゥ〔ナポリ料理。米、きのこ、モッツァレッラ・チーズ、卵で作るプディングのこと〕のスライスを彼が台所で食べているところを取り押さえようとして、ほうきを片手に家中その後を追いかけたことがあるとのことだった。ところが、彼はやはり母によると、一撃を食らわせることのできたまさにその瞬間に、姿を消したという。私のおばアスンタによると、逆に心がはるかに優しかったから、毎晩戸口の外に、何か食べ物、たとえば、マカロニーのオムレツ一切れとか、モッツァレッラの一切れとか、サラミソーセージ入りのパン切れとかを彼のために置いておくと、翌朝には決まってそれらの品物は消えていた、とのことだった。私は息子としても甥としても、一切コメントを控えていたのである。

ムナチエッロの伝説は地下のナポリと緊密に結びついており、それは民衆の迷信からだけでなく、もっと別のレヴェルの観察からも生まれたものなのだ。つまり、ムナチエッロは実在したのである。彼は地下のナポリの玄人として、邸宅の地下室と結びついた数多くの井戸を利用することにより、ナポリのどの家の中にも侵入することができたのである。金持ちの家ではせっせと盗みを働き、貧乏人の家では逆に、お金の山とか食糧を残してやっていたのだ。また話によると、ある夜一人の貧乏人の床の前で、彼は修道士仲間の一群に頭から両足まで黄金の死体を納めた棺を降ろさせ、こうして死体の各部分の売却を通して、被恩恵者が金持ちになるようにした、という。要するに、南方のロビン・フッド〔十二世紀頃に英国のシャーウッドの森に住んでいたとされる、伝説的な義賊〕みたいな行動をしたのである。彼がばれた場合にはどこでも、妖怪の振りをし、するとみんなはびっくりして逃亡することになるのだった。さらに場合によっては、もっとも魅力的な女性たちの許ではセックスの冒険もやらかしていた。エドゥアルドは同じテーマの『これらの幽霊』(*Questi fantasmi*)と題する喜劇を書いている。

20　分身たち

みなさんは何千もの骸骨と一緒に、たった独り、暗闇の中で一時間過ごしたことはおありだろうか？　ない？　それでは一度試してご覧なさい。きっとあなたの考え方が一刻ごとに激変することにお気づきになるだろう。一瞬前までは重要で、基本的で、あなたの生涯にとって決定的と思われていたことが、その価値をすっかり失い、取るに足らない些事と化すであろう。恋愛、支払うべき借金、絶えず増え続ける税金、中道右派連合政策と中道左派連合政策、神経を疲れさせる事務長、マンションの会合、フェデリーコとの昨晩の喧嘩、すべてのことが小さく、あまりに小さくなり……細かく、顕微鏡的になり、失敗した写真みたいにピント外れとなるであろう。でも、そもそも昨晩、どうして私はフェデリーコと喧嘩したのか？　いったいどうしたというのだ……？　思い返してみよう……。ああ、それは彼が私を〝ミス映画〟の選出に連れて行きたくなかったからだったんだし、今になって考えてみるに、彼は正しかったと言わざるを得ない。

　総じて、われわれは死の概念をそらせている。われわれは死なねばならぬことを知ってはいるのだが、そのことを思い浮かべさせられることを欲しないのである。「なんじはちりなればちりに帰るべきなり」（Pulvis es et in pulverem reverteris）〔「創世記」3-19〕のような文はわれわれをぞっとさせるし、われわれの会話から追放されている。だが、われわれの場合のように、数時間墓地の中で埋葬されていない遺骸に取り囲まれたまま取じ込められたとしたら、思いを抑圧するだけではどうにもならない。眼前の骸骨がどうしても私に思い出させることになる——われわれはこの地上ではほんの少し滞在しているだけであり、私はそれをどうしようもなく、何も変えられはしないのだということを。

「やあ、頭蓋骨たちよ」私はとっさに挨拶する、「私がここにやって来た以上は、あなたたちをお訪ねしたいのです……。私の名前はルチャーノ・デ・クレシェンツォです。通常、作家としての仕事をしていますが、ほかのいろいろなことにも従事しています。ところで、あなた方はいかがですか？　このデッレ・フォンタネッレは心地よいですか、それとも伝統的な、白い大理石、十字架、故人の写真の付いた碑板のある、埋葬のほうが好ましいですか？」

頭蓋骨たちは答えなかったが、私の言うことを聞いていたことは、私は少なくとも確信する。なにしろ、私は彼らの目の中に物珍しいことを読み上げたのだから。

頭蓋骨の眼窩を近くで眺めたことのない者は、その中の空虚がいかにわれわれみんなを待ち構えているかを示唆していることをとても想像することができまい。それは鍵穴からあの世を眺めるようなものなのだ。そして、デッレ・フォンタネッレの墓地もその夜は、これ以上想像できないほど暗く、またはより正確には、運が良ければ星を見られる、空の穴を除き、暗闇の中に葬られていたのである。

私は命じられていたとおり、締まる三十分前に時間どおりに到着した。入場券を買い、ほかの訪問者たちと一緒に入場した。それから、私はサン・ヴィンチェンツォの立像の右手にある薄暗い洞穴の中に隠れた。

　分身が言っていたところによると、私が待つのは長くなく、せいぜい十五分だろうとのことだった。実際、取り決めどおり、鉄柵が閉められ、守衛たちが立ち去るや否や、彼と、ステファニア、アドリアーナ、フェデリーコのそれぞれの分身が姿を現わした。けれども、時間は経過していたし、誰にも見られなかった。頭からつま先まで私を見つめている頭蓋骨の群れと一緒に閉じ込められたまま、私は半ば失神して、寒冷の中に佇んでいた。ある時点で私は隠れ場を出て、墓地の周囲を少し見やり、三つの身廊をすべて通り抜け、再び合流地点の出入口に到達した。そこで、私はありがたいことに、一緒に持ってきた懐中電灯の明かりを髑髏《どくろ》たちの上にさっと当てた。それらはみな同じだった。生前は黒い目か青い目をしていたか、男か女だったか、美しかったか醜くかったか、太っていたか痩せていたか、好感を持たれたか反感を持たれたか、白人だったか黄色人種だったか、今となってはそんな相違はすべて吹っ飛んでいた。トトーの詩集『ア・リヴェッラ』（'*A livella*, 1964）が絶対に通用する場所がこの世にあるとしたら、それはここデッレ・フォンタネッレの墓地だ。

　私は髑髏の一つを手に取った。ほとんど重みがなく、三百グラムか、せいぜい四百グラムだっただろう。実際上、それは頭の形をしたちりの小山だった。私がその上をさすってみると、ビリヤードの球みたいにつるつるしていた。輪廻の話が本当だとしたら、この髑髏は私のものだったのかも知れない。そのためにはこんな仮説を立てるだけでよかろう。つまり、私はナポリのサニタ地区に、十八世紀末頃に生まれた。二十歳で私は結婚し、そして五十歳、つまり一八三六年に、コレラに感染した。

私の遺骸は私の地区のほかの人たち全員と同じく、デッレ・フォンタネッレの墓地に投げ込まれた。傍には、私の妻アントニエッタの遺骸もあった。われわれは二人ともみんな同じ日に、互いに腕を取ったまま、亡くなった。この時点で、私は妻の推定髑髏をも手に取らずにはおれなかった。それは私のものよりもやや小さいが、愛情深く私を眺めている。「やあ、お前」と私は言うなり、それにキスしようとしたとき、私は誰かが呼んでいるのを聞いた。分身だった。

「ほら出会ったぞ！」と彼は叫び、約束に反して、彼は私がグループに加わるよう要求した。

こうして私はステファニア、フェデリーコ、アドリアーナのそれぞれの分身と識り合った。もちろん、彼らはみなそれぞれの原型と同じだった。アドリアーナだけは、私が彼女について知っていたあの優しい表情を示していなかった。それから、私は彼女がステファニアの分身と喧嘩したところだということも知った。私が彼女に、機嫌はどうかい？と尋ねると、こんな返事が返ってきた。

「わたしがどのように見えて？ ここに居るのは、フェデリーコと売春したばかりのかまととよ。わたしにはこんなことはどうでもよいんだけど、彼女に言ってやったわ、『フェデリーコがルチャーノの親友だということを、あんたは知っているの、それとも知らないの？』」

「知っているわよ、知っているわよ」ステファニアの分身が鼻をならしながら、抗議した、「でも、わたしは別に悪いことはしていないわ。彼に少し痩せたね、と言っただけよ。そんなことは言うべきではないとでも？」

「もちろん、言ったってかまいはしないわよ」とアドリアーナはこれまでになくつっけんどんに言い返した、「だけど、それはものの言いようだわ。あんたが彼に色目を使うと、あんたは売春婦そっくりよ。あんたが何を言おうと、たいしたことじゃない。あんたが彼に分からせようとしていることは見えすいているんだから」。

「当方に関しては」とフェデリーコの分身が割り込んだ。「彼女がどんなに色目を使っても、当方は全然気づかないんだ。なにしろ、当方は友人を騙したことがなく、また騙しもしないだろうことはきっぱりしているんだからね」。

「少女たち、お願いだ！」と分身が割り込んだ、「われわれの居る場所を、少しは尊重したまえ！」

それから、分身は私のほうを向いて言った、「こちらはステファニアだよ」。

「初めまして、よろしく」とステファニアの分身が私に挨拶した。

「こちらこそ」と私は答えた。「この分身からあなたのことはよく窺っております。あなた方はスペルロンガに一緒にいらっしゃって、たいそう良い思いをされたそうですね。かくいう私も数日前にはあなたの原型と一緒でした。ただし、私たちは会話を交わすことはできませんでしたが」。

「ええ、存じておりますわ。分身が話してくれましたから。それに、私もあなた方のハイキングにずっとお供したのです。でも一つ言わせてくださいな。罪はすべてあなたにあったのです。あなたはあまりにお喋り過ぎです。お喋りの代わりに、彼女にキスさえなされればよかったのに。ところが、あなたはエンリーコ・デ・ニコラやドストエフスキーについての講義をなさったのです。」

それから、四人は頭を集めてひそひそ相談し、裁判で何を言うべきかについて語り合った。司会したのは分身で、彼は各人に役割を分担させ、アドリアーナにはステファニアのために証言することを要求した。けれども、期待どおりにはいかず、この要求をなし終える前に、彼は激しく攻撃されたのだった。

「はっきりさせてちょうだいよ」とアドリアーナは怒り狂って言った、「平行の世界におけるわたしの評判をあんなところの人たちのために危険に晒せとでもいうの？」

「うん。でも、あんたはそうすることで私のためになるだろうよ」と分身が弁明した。「それに実をいうと、あんたは何も危険に晒したりはしないだろうよ。あんたは、私の原型がステファニアと一緒にスペルロンガへ行くつもりだったと聞いた、と言うだけでもう十分なんだ」。

「じゃ、わたしは誰からそれを聞いたことにするの？」

「アドリアーナ1からだ。」

「スペルロンガのことは承知したわ」とアドリアーナの分身が答えた。「でもわたしがその場所に出頭することになったら、この尻軽女がチーフたちの許可も受けずに、ベッドへ連れ込んだすべての分身たちのことや、彼女がその哀れな夫を苦しめることになったすべての浮気のことも語るわよ」。

こうして、ステファニアとアドリアーナとの間で、しばらく侮辱の応酬が続き、とうとう私はいささか食傷気味になったため、私の分身に頼み込んで、四人だけで離れたところで少し話し合ってもらうことにした。

「ちょっと聞いておくれ」と私は分身に言った、「われわれはもうここに来ているのだから、私の初恋、ジュリアーナ・フィリッピーニの分身にも会わせてはくれまいか？」

「いや、それはそう簡単にはいかないんだ」と分身は答えた。「それにには、まず私が平行の世界で彼女を見つけねばならないし、それから、会合の手筈を整えねばなるまいからね。彼女がはたしてまだ生きているかどうかも分からない。でも聞きたいのだが、あんたは彼女に再会したいというのは本当に確かなのかい？　ジュリアーナは今では七十歳そこそこだろうし、あんたが彼女に会うのが良いかどうかは分からないな。昔のままの思い出にしておくほうがましではないかい？」

「私が見たいのは、今日のジュリアーナの分身ではない。彼女が十六歳だったときの、以前の分身なのだ！」

「そいつはもっと難しいな。でも、やるだけはやってみよう。それは平行の世界じゃなくて、第三の想像界での話になる。」

「第三の想像界だと？　それは何のことかい？　もう一つの別世界かい？」

「うん。もう一つの別世界だ。思い出が憩うている世界さ。それを見るには、もっと下へ、三千年前のナポリへ降りて行き、それから、やはり地下を数キロメートル歩いて、ピエディグロッタ教会のあたりにまで到達する必要があるんだ。」

21　第三の想像界

実際、第三の想像界へ到達するのは容易ではなかった。一時間以上も地下のナポリの迷路の中を、互いに言葉を交わすこともなく、一人がもう一人の後に続いて歩き通したのである。ある箇所では、天井があまりに低いため、頭を天井にぶつけないために、身を二つに屈めて進まざるを得なかった。それから、神の思し召しにより、われわれは長方形の井戸に到達したのだが、少なくともわれわれがいた地点からは、その底を見ることはできなかった。ところで、みなさんは私の立場に立ってみてもらいたい。暗闇、沈黙、寒さ、狭い地下道、別世界からやって来た謎めいた仲間、——すべてのものが私の精神状態に影響しないわけにはいかなかった。一言で言えば、私は恐怖でいっぱいだったのである。


「ここから降りねばならぬ、とは言わないでくれ」と私は地面の穴を指さして、分身に頼んだ。

「第三の想像界に到達したいのであれば、ほかに選択の余地はない」と偉そうな振りをして答えた。

「僅かな勇者だけしか成功しないが、目標は危険を正当化するかも知れないよ」。

「じゃ、どうやって降りるのかい？」

「このロープでだ。」

こういい言いながら、彼は端が壁に打ち込まれた鉄の輪で繋がれたロープを私に見せた。それから、結び目がしっかりしていることを試した上で、彼は身体をロープにゆわえつけ、井戸へ降り始めた。私は彼の後に従うほかはなかった。ところで、事態がどうかと言うと、私はもう若者ではなかったから、私の年齢の者は相当な緊張を避けられなかったのだ。でも、とにかくジュリアーナに再会したいという欲求がとても強かったものだから、私はふたたび考え込みはしなかった。分身の頭が闇の中に消えるのを見るや否や、私もロープを握り締めて、下降を始めたのである。

幸いにも壁のあちこちに突起があったため、私は足を引っかけたり、背中を反対側の壁にもたせかけて少し休息することができた。この下降がどれぐらい続いたのかは言えまい。私の分身は下降する前に五十メートル以上進むことはないと私に確約した。けれども、長かろうが短かろうが、われわれはたいそう待ち望んだ第三の想像界に到達した。そこはこれまで後にしたばかりの洞穴よりも、はるかに侘しく、はるかに狭く、はるかに寒かった。だがその代わりに、小さな数多くの石灰華《トラヴァーチン》の柱があったために、われわれはその上に身を落ち着けることができたのだった。

「たぶんあんたも知っているだろうが」と分身は私に言うのだった、「ここは西暦紀元一世紀には、プリアポス〔ギリシャ・ローマ神話で、生殖の神。ディオニュソスとアフロディテとの間の息子〕の洞穴として知られていたんだ。なにしろここでは、とりわけファルスの神、このディオニュソスとアフロディテとの息子が崇拝されていたからだ。だが当時は、プリアポス信者であると知られることはものすごく危険だった。死刑とは言わないまでも、最低、終身拘留刑を課せられる危険があった。ネロは少なくとも他人の罪悪に関する限り、容赦しようとはしなかった。それだから、プリアポスの信者たちは美しい売春婦たちやうぶな少年少女と一緒に、秘密の、地下の場所に集まって、下等な本能を吐き出していたのだ。まさしくわれわれの頭上では、ナポリ人が今日でもピエディグロッタの祭りを祝っているのも偶然ではないのだ」。

「でも、こういうすべてのことが、私の初恋とどう関係しているのかい?」と私はいささか憤慨して言い返した。「たぶん、私はあまりはっきりとは自分のことを説明しなかったとは思うけど、でも、私とジュリアーナとの関係は純粋にロマンチックな性質のものだったし、だから、プリアポス、ファルス、ピエディグロッタの祭りとは無縁だったんだ」。

「やれやれ、あんたは何て敏感なんだい!」と分身が叫んだ。「あんたに話そうとしたのは、この場所の歴史に過ぎない。とにかく、ここでは女官クワルティッリャが支配しており、彼女が男女の間の性関係や、男色関係をも準備していたんだ。私の言うことが信じられないのなら、ペトロニウスの『サテュリコン』を読みたまえ。でも、今は時間をもう浪費しないでおこう。さあ、この柱の上に座って、考え始めたまえ」。

「何を?」

「何をだと? もちろん、ジュリアーナのことをだ。第三の想像界はこんなふうに出来上がっている。われわれがそれを〝第三の〟と呼ぶわけは、あんたのものたる第一の世界と、私のものたる第二の世界の後にくるからだ。また、〝想像界〟と呼ぶわけは、あんたの前に現われる人間は、現実には存在せず、あんたの空想の中でのみ存在しているからなのだ。」

「それで、私は何をすべきなのかい？」と分身に尋ねた。
「特別なことは何もしなくてよい。ただ想起するだけで十分だ。目を閉じて、あんたがもう一度追体験したい時期を再喚起すればよい。だから、あんたの十八歳、あんたの初恋、あんたらの最初の散歩、等々を思い浮かべたまえ。追憶にうまく耽ることができればできるだけ、何かを見る確率は高まるだろう。できれば、あんたの時代の何かメロディーをも考えなさい。そうすれば、思いを遡らせる助けになるだろうから。」

私は服従して、ヴォーメロのヤーコポ・サンナザーロ高校、級友たち、とりわけ、十六歳の1年C組のジュリアーナ・フィリッピーニのことを思い返した。白いソックスを履き、長いまつ毛をもち、突き出た唇をしていた。それから、私の教師たち、少なくとも私の心にもっとも残った人たちのことを考えた。

生涯で良い教師に出会うのは、過小評価すべからざる幸せである。私には忘れることのできない二人の教師がいた。高校三年のときのプラチド・ヴァレンツァ先生と、大学でのレナート・カッチョッポーリ教授である。ヴァレンツァ先生は私に哲学への愛を初めてかき立ててくれた。ソクラテス、プラトン、とりわけパルメニデスについて語ってくれた。彼らについて、まるで個人的に識り合いであるかのように私に語ってくれたのである。それから、ギリシャ、およびマグナ・グラエキア〔古代のイタリア南部のギリシャ人植民地〕においていかに文明が誕生したかを私に説明した。「すべては太陽のおかげで生まれた」と彼は言った。「当時、哲学者たちは毎朝広場《アゴラ》にやって来て、お互いに話し合ったんだ。今日も明日も話し合い、とうとう互いに実りをもたらす結果になり、みんながより創造的になって帰宅したんだ」。

要するに、プラチド・ヴァレンツァ先生はピーター・ウィアーの映画『いまを生きる』の主人公ロビン・ウィリアムズみたいな教師だった。われわれはみな、彼を教師というよりも友人と見なしていた。ジュリアーナが私を見捨てたとき、彼だけが私に味方してくれたのだった。彼が私を慰めてくれた奇妙な文は、当時は私にはほとんど正しく理解できなかったが、私は今日でもそれを大事にしている。「恋愛では捨てるよりも捨てられるほうがましなのだ。当初は少しばかり多く悩むが、その後は少なくとも何か——思い出——が残るものだよ」。

その間、時間が経過したが、ジュリアーナは少しも姿を見せなかった。今や私は第三の想像界にいたから、著名な「ナポリの数学者」カッチョッポーリ教授を再喚起しようとした。私が工学を専攻したのは、彼の責任、というよりも彼の功績だった。今も覚えているが、その朝私は哲学に登録しようと固く決意して大学に降りてきたのだが、そのときケーブルカーの中で以前の級友で、ブルネッラなる者と出くわしたのだ。「どこへ行くの？」と彼女が私に訊いた。「大学へ。哲学を専攻するつもりなんだ」と私。「あんた、気でも狂ったの!?」と彼女が叫んだ。「哲学をやっている少女たちはみな二目と見られない顔をしているわ。あんたが可愛い子ちゃんに会いたいのなら、私と一緒に数学科にくるべきよ。きょう、カッチョッポーリの最初の講義があるわ。聴講してみなさいよ」。ところで、これは一目惚れだった。その日に私はレナート・カッチョッポーリ教授に惚れ込んでしまったのだ。私はまず数学の二年課程を終了し、それから、工学の三年課程を卒業した。カッチョッポーリは桁外れで、想像力豊かで、詩的だった。ある日、彼は私に言った、「生きるだけの値打ちのあるものは三つ、数学、音楽、恋愛だ」と。そして実際、彼は失恋のせいで数年後に自殺したのだった。彼は恋人が或る友人と一緒にカプリ島に出発するのを見て、その日にリヴォルヴァーを頭に発射したのである。
だが、ジュリアーナに戻るとしよう。私は彼女がトレーニングウェアを着たままラジオの前に座り、一九四〇年代のカンツォーネ『フィダンツァティーナ』(*Fidanzatina*)を聴いている姿が今なお目に浮かぶ。それを歌っていたのは、ナタリーノ・オットである。歌詞はこうだった。

フィダンツァティーナよ、
きみは初恋に燃えている
花のように芳香を発している、
四月の魔力の中で。
フィダンツァティーナよ、
きみの目には甘さがある、
きみの心には優しさ
と繊細な魅力がある。

Fidanzatina,
sei sbocciata al primo amore
profumata come un fiore
nell'incanto dell'april.
Fidanzatina,
hai negli occhi la dolcezza,
hai nel cuore la tenerezza
ed un fascino sottil.

私は目を開けた。とうとう私は彼女を目の前に見た。これまで見たことがなかったほど美しかった！　私が彼女にキスしてもよいかどうかを分身に尋ねると、彼は答えた、「やってご覧。たぶんうまくゆくから」。そこで私は立ち上がり、彼女に近づき、両腕で抱き締め、口づけした。

まさにこの瞬間に、私は目覚めた。すべてが以前のままだった。タピスリーにはやはりトナーのしみがついたままだったし、書架はまだ元の位置にあった。私をびっくりさせた唯一のもの、それはベッドの前に横たわる小さなヴァイオリンだった。

訳者あとがき

分身を扱った小説で有名なものは、本書でクレシェンツォも言及しているドストエフスキーの作品（一八四六）がある（彼の作品ではあまり成功しなかったらしい）。ドイツでは、ルートヴィヒ・トーマ（筆名ペーター・シュレミール、一八六七―一九二一）の『影を失った男』などはこの流れの亜流として興味深いものがある。

本作品の特異な点は、自己を鏡に映して眺めるところから、分身術を導入して、自己分析に踏み込んだ点にあろう。ちなみに、クレシェンツォは人相を読み取れない病いを抱えており、名刺にもそのことを書き記しているらしいが、鏡に映った自分の姿を見て、「これは見覚えがある」と思ったという話を、別の本で紹介していることも付記しておく。

こういう背景から考えてみると、本作品はまた新しい興味をそそるであろう。それにしても、著者の〝自伝〟へのこだわりは『チェッリーニ自伝』というイタリアの古典と同様に、徹底している。〝小説〟と銘打ってはいても、本書は姿を変えた自叙伝としても十分に楽しめる内容を含んでいる（本格的には、『クレシェンツォ自伝――ベッラヴィスタ氏の華麗な生涯――』（文芸社文庫、拙訳）を参照して頂くのがよい）。

原文は極めてクレシェンツォ色の濃い文体で書かれている。ウンベルト・エコがアレッサンドリア地方の方言を愛好するのにも似て、クレシェンツォは卑俗なナポリ方言をふんだんに織り混ぜており、言わばナポリ方言の見本帖みたいになっている。拙訳は Bruno Genzler の独訳（btb, 2003）に多くを負うている。この独訳がなければ不可能な仕事だったかも知れない。ほかに外国語訳が出ていないわけもうなずける。しかし、一読いただければお分かりのとおり、これほどユニークかつ楽しい本はイタリアでもはなはだ珍しい。クレシェンツォの関連するほかの諸著作をも併読されるならば、ますますこの著者に引き込まれること請け合いだ。

最後に訳者が楽しませてもらったうえに、こういう企画を紆余曲折を経ながらも、やっと日の目を見るまでに漕ぎ着け得たことは、この上ない欣快の至りである。読者諸兄の内からもこの喜びを共有できる方がかならず現れるものと確信している。

二〇一二年八月十三日　行徳にて

谷口　伊兵衛

（付記）こういう分身術の世界を扱った本としては、わが国でもマイケル・リチャドソン（編）『ダブル／ダブル』（柴田・菅原訳、白水社、一九九〇）が出ている。参考までに。

〔訳者紹介〕
谷口　伊兵衛（たにぐち　いへえ）
1936年　福井県生まれ
元立正大学教授。翻訳家

ベッラヴィスタ氏分身術《ダブル》

2012年9月25日　第1刷発行

定　価　本体1500円+税
著　者　ルチャーノ・デ・クレシェンツォ
訳　者　谷口伊兵衛
発行者　宮永捷
発行所　有限会社而立書房
〒101-0064　東京都千代田区猿楽町2丁目4番2号
振替 00190-7-174567／電話 03(3291)5589
FAX 03(3292)8782
印　刷　株式会社スキルプリネット
製　本　有限会社岩佐

落丁・乱丁本はお取り替えいたします。
©Ihee Taniguchi 2012. Printed in Tokyo
ISBN978-4-88059-375-3 C0097